幽韵雅集·古诗词选

杖轻

小园闲步杖藜轻

孟祥静 编著

陕西新华出版传媒集团
太白文艺出版社

图书在版编目（CIP）数据

杖轻 : 小园闲步杖藜轻 / 孟祥静编著. -- 西安 : 太白文艺出版社, 2020.8
（幽韵雅集·古诗词选 / 李路主编）
ISBN 978-7-5513-1842-6

Ⅰ. ①杖… Ⅱ. ①孟… Ⅲ. ①古典诗歌－诗集－中国 Ⅳ. ① I222

中国版本图书馆 CIP 数据核字（2020）第 085970 号

杖轻：小园闲步杖藜轻
ZHANGQING:XIAOYUAN XIANBU ZHANGLI QING

主　　编　李　路
作　　者　孟祥静
责任编辑　李明婕　惠安琪
装帧设计　钟文娟　刘昌凤
出版发行　陕西新华出版传媒集团
　　　　　太白文艺出版社
经　　销　新华书店
印　　刷　河北环京美印刷有限公司
开　　本　787mm×1092mm　1/32
字　　数　77 千字
印　　张　6.75
版　　次　2020 年 8 月第 1 版
印　　次　2020 年 8 月第 1 次印刷
书　　号　ISBN 978-7-5513-1842-6
定　　价　49.80 元

联系电话：029-81206800
出版社地址：西安市曲江新区登高路 1388 号（邮编：710061）
营销中心电话：029-87277748　029-87217872

总序

行幽韵之事，博雅趣之长

李路

有书云：香令人幽，酒令人远，茶令人爽，琴令人寂，棋令人闲，剑令人侠，杖令人轻，麈令人雅，月令人清，竹令人冷，花令人韵，石令人隽，雪令人旷，僧令人淡，蒲团令人野，美人令人怜，山水令人奇，书史令人博，金石鼎彝令人古。

说尽世间之『韵』事也。

古典诗词蕴含着中华民族千年文化的基因，从中国诗歌的滥觞《诗经》开始，绵延不绝，形成了楚辞、唐诗、宋词、元曲等一座座高峰。这些跨越千年的文字，如那亘古沉静的璀璨星辰，点亮中华文明的发展历程，使之流光溢彩、熠熠生辉。

曾几何时，我们跟随苏子瞻共吟『莫听穿林打叶声，何妨吟啸且徐行。竹杖芒鞋轻胜马，谁怕？一蓑烟雨任平生』，千古洒脱、百世豁达；跟随李太白同问『青天有月来几时，我今停杯一问之』，豪放俊迈、浪漫飘逸；跟随王摩诘共奏『独坐幽篁里，弹琴复长啸』，诗卷漫天，物我两忘；跟随李易安同叹『醉里插花花莫笑，可怜春似人将老』，真挚庄雅，婉丽哀伤；跟随纳兰容若共愁『西风多少恨，吹不散眉弯』，哀感顽艳，格高韵远……这些熟悉的文字，勾勒出一圈圈唯美的时光年轮，伴随我们安静地与岁月对话。

古人善雅事，『纸帐梅花，休惊他三春清梦；笔床茶灶，可了我半日浮生』『灯下玩花，帘内看月，雨后观景，醉里题诗，梦中闻书声，皆有别趣』。

据此，择香、酒、茶、琴、棋、剑、杖、麈、月、竹、花、

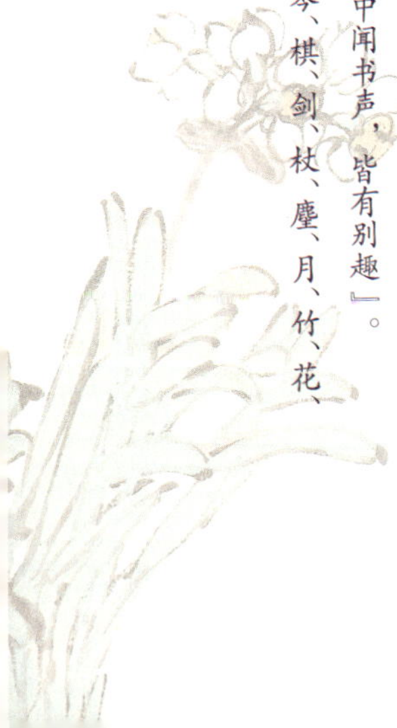

石、雪、僧、美人、山水、书史、金石相应清诗雅词，辑为小集，名『幽韵雅集』，行幽韵之事，博雅趣之长。

让我们在这些文字中赏松阴花影的静谧，山月美人的清魂，拨弦烹茶的惬意，采菱秋水的灵动。听琴声悠扬，行笔墨流转，品人间雅趣。

三千年来的古诗词，浩如烟海，编者在辑选过程中，以意境美、文字美、韵律美为择选的标准。在鉴赏时，不求全析，只求共鸣，用感发人心的淡美文字对其解析。

本辑精选齐白石、吴湖帆、溥儒、石涛、傅抱石、黄宾虹、于非闇、陈少梅、张石园、吴昌硕等大师的绘画作品，文、图、鉴意境融合，辉映共生。

同时，编者严选底本，精心校注，展现经典本来的面貌。

在编排过程中，本辑提取诗词名字的首字部首，

并依据《汉字部首表》，按照笔画数由少到多的次序进行排序。但因编排体例的限制，笔画数相同的以及起笔笔形相同的，不再遵循横（一）、竖（丨）、撇（丿）、点（丶）、折（乛）的顺序排列，而按照各诗词不同意境依次排序。

因能力有限，在成书过程中，未免有鲁鱼亥豕之讹，敬请各位读者不吝指正。

二〇二〇年五月

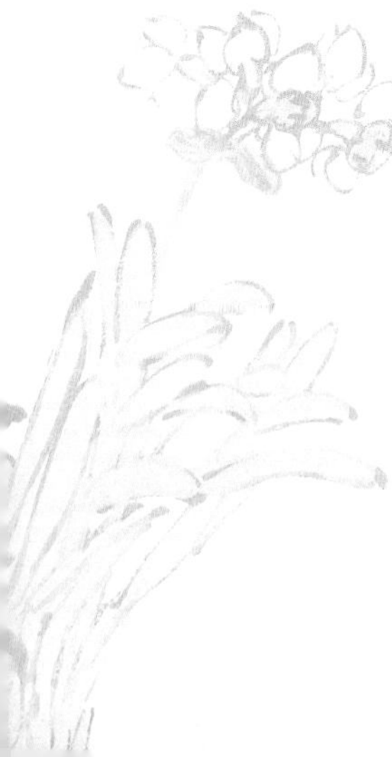

自序

杖，在古代文人笔下，不仅仅是一种工具，更有着丰富的文化内涵。杖多以竹制作，因此，古人常常把杖比作君子、贤人，杖便有了正直、高洁、脱俗的品性，进而衍生出辅助、扶持君主之意。

在汉代文人笔下，杖的含义强调的是任用贤人。魏晋之后，杖的含义进一步拓展，洒脱和隐逸之情凸显。到了宋朝，宋朝文人的入世意识不像唐朝那么强烈，杖的贤人、辅佐之意已经逐步淡化，更多的是表现一种闲适的情怀和归隐的意向。

无数文人雅士在诗词曲赋中借助杖寄托自己的情怀与感悟，从这些诗词中可以看出古代文人的人生态度和价值观。本书精选与杖有关的意境优美、郎朗上口的诗词，配上笔者对诗词独特的感悟，带领读者领略古诗词中的精彩。

在诗词中体会曹操『食芝英，饮醴泉。拄杖桂枝，佩秋兰』的想象与气魄，感受苏东坡『敲门都不应，倚杖听江声』的洒脱，感受周端臣『一洒斑斑小雨晴，杖藜随意散幽情』的风韵与清雅，感受米芾『静看沙头鱼入网，闲支藜杖醉吟风』的惬意，感受杜甫『肠断春江欲尽头，杖藜徐步立芳洲』的伤感，感受王时会『杖藜平过人间险，独向千山顶上行』的孤傲，感受释智圆『静思尘世事茫茫，策杖闲吟出草堂』的禅意。人生难免遇到风风雨雨，让我们用『竹杖芒鞋轻胜马。谁怕？一蓑烟雨任平生』的豪情来面对人生中的坎坷。

二〇二〇年五月

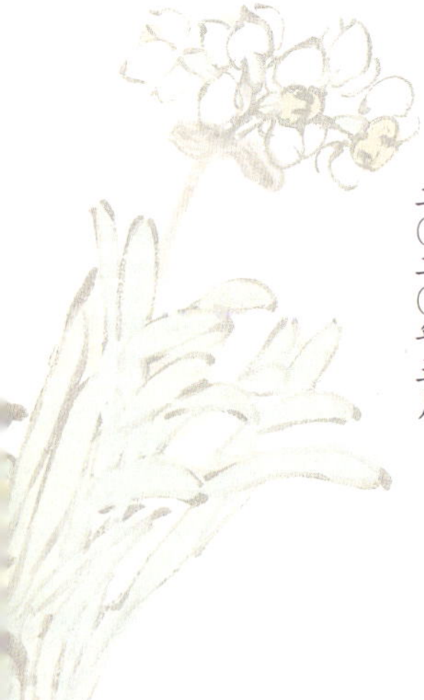

目录

·一笔画·

·二笔画·

·三笔画·

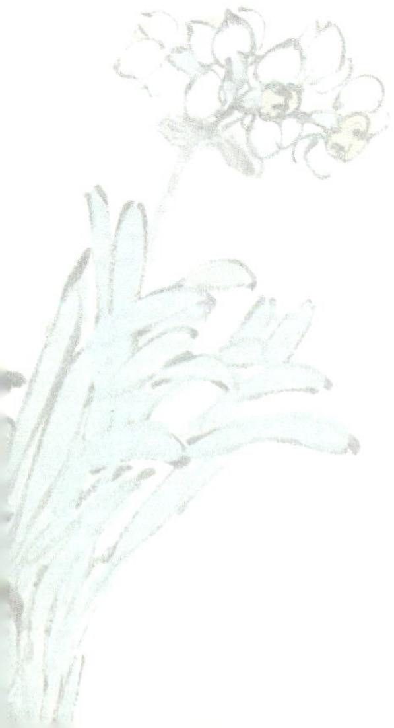

·四笔画·

·六笔画·

·七笔画·

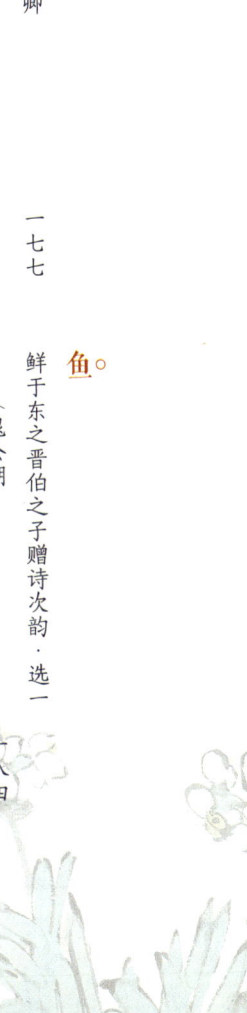

杖轻

小园闲步杖藜轻

杖轻

蘭香四时

杖令人轻

◎东坡

[宋] 苏轼

雨洗东坡月色清，
市人行尽野人行。
莫嫌◎荦（luò）确坡头路，
自爱铿然曳杖声。

◎苏轼，字子瞻，号东坡居士，北宋中期文坛领袖。著有《东坡乐府》等。

◎荦确：指险峻不平的山石。

◎雨把东坡洗得格外干净，月亮的光辉也变得十分皎洁。城里的人早已离开，此时这里只有山野中人闲游散步。千万不要嫌弃这坎坷不平的坡路，我就喜欢这样拄着拐杖，发出铿然的声音。

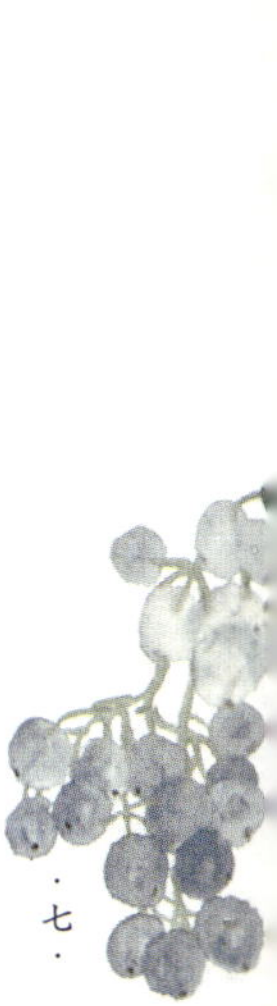

◎东皋

[元] 唐元

喧晨步东皋，春风袭杖屦。
溪流带落花，晴烟袅飞絮。
濯足竹边泉，散策松下路。
幽禽忽惊起，飞过溪南树。
林深疑无人，俄闻响机杼。

◎唐元，元代理学家，字长孺。工诗，善古文。

◎落花追逐着流水的脚步，晴空中的薄雾伴着柳絮的身影。我拄杖站在松林下，却惊了飞鸟的清闲。

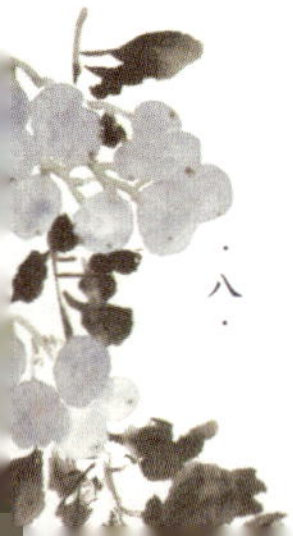

◎云居山咏二首

【明】常慧

半肩风雨半肩柴，竹杖芒鞋破碧崖。

刚出岭头三五步，浑身都被乱云埋。

经行仿佛近诸天，月上山衔半缺圆。

听得上方相对话，星辰莫阂五峰巅。

◎常慧，明末高僧，字味白，号龟山，俗姓胡。常慧儒释兼通，工诗善文。

◎肩挑风雨，手持竹杖，脚穿草鞋，丈量着山崖的轮廓。云雾缥缈，弥漫着山的风韵。朦胧的月儿躲在山的背后，悄悄露出羞怯的面庞。

◎再次韵·选一

〔宋〕陈棣

老去欢情少，逢人强自夸。
闲愁付蕉叶，衰鬓耻菱花。
倚杖闲扪虱，临池戏咏蛙。
深惭诗律细，何以世吾家。

◎陈棣，宋代文人，字鄂父。著有《蒙隐集》。

◎强颜欢笑，饮不尽闲愁，菱花镜中容颜已老。倚杖闲情，吟诗一首，书墨久留香。

◎昼居池上亭独吟

［唐］刘禹锡

日午树阴正，独吟池上亭。
静看蜂教诲，闲想鹤仪形。
法酒调神气，清琴入性灵。
浩然机已息，几杖复何铭？

◎刘禹锡，唐代文学家、哲学家，字梦得。其诗文俱佳，有“诗豪”之称，著有《刘宾客集》。

◎阳光在枝叶间漫步，我在亭中闲看花开花落。饮一杯清闲，抚一曲优雅，心中淡然，不为世事纷扰。

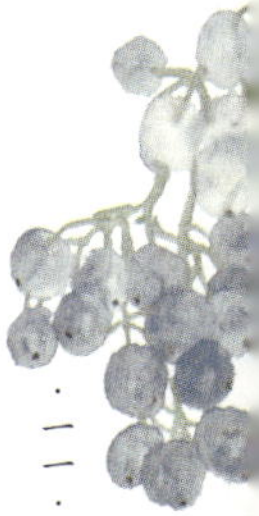

◎临江仙·夜归临皋

[宋] 苏轼

夜饮东坡醒复醉，归来仿佛三更。
家童鼻息已雷鸣。
敲门都不应，倚杖听江声。
长恨此身非我有，何时忘却营营。
夜阑风静縠纹平。
小舟从此逝，江海寄余生。

◎我夜饮东坡，醉了醒，醒了又醉。孤身来到江边，一阵风吹来，酒醒了一半。倚杖听江声，滔滔江水仿佛也懂得我的孤寂。

◎临江仙·田间闲步偶成

［金］段成己

管领韶华成老丑，有情争似无情。
芒鞋竹杖葛衣轻。
悠悠身外事，寂寂水边行。
眼底光阴犹是梦，何须身后虚名。
仰天一笑绝冠缨。
东风归路稳，十里暮山青。

◎段成己，金代文学家，字诚之，号菊轩。著有《菊轩集》等。

◎叹时光易老，多情易把流年抛。溪水流去，独留我孤独一人。我自仰天笑，功名如尘土。

◎书怀·选一

［宋］詹初

小溪流水自悠悠，
策杖南林入早秋。
随地人生俱可乐，
浮云富贵复何求。

◎詹初，字以元，一作子元，南宋大臣、理学家。著有《流塘集》。

◎溪水缓缓向前流去，我拄杖南林，寻觅早秋的踪迹。心若风轻云淡，富贵又何求。

◎书情寄上苏州韦使君兼呈吴县李明府

【唐】崔峒

数年湖上谢浮名，竹杖纱巾遂性情。
云外有时逢寺宿，日西无事傍江行。
陶潜县里看花发，庾亮楼中对月明。
谁念献书来万里，君王深在九重城。

◎崔峒，唐代诗人，“大历十才子”之一。唐人高仲武评价其诗作：“文彩炳然，意思方雅。”

◎数年漂泊江湖，不要那虚名。手持竹杖，面戴纱巾，如隐者一般逍遥自在地生活。白云陪我逍遥，落日伴我悠然。闲看花开花落，独赏阴晴圆缺。

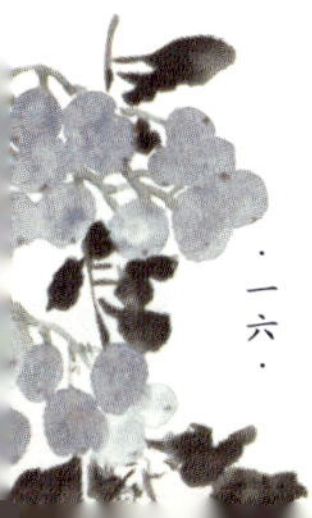

◎书河上亭壁·其二

【宋】寇准

蝉鸣日正树阴浓，
避暑行吟独杖筇。
却爱野云无定处，
水边容易耸奇峰。

◎寇准，北宋政治家、诗人，字平仲。其善诗能文，七绝尤有韵味，著有《寇忠愍诗集》。

◎蝉在树荫里鸣叫，烈日挂在天空中。我拄杖吟诗，独爱看闲云起起落落。

◎书室明暖，终日婆娑其间，倦则扶杖至小园，戏作长句二首·其一

【宋】陆游

放翁老手竟超然，俗子何由与作缘？
百榼kē旧曾夸席地，一窗今复幻壶天。
梦回橙在屏风曲，雨霁梅迎拄杖前。
吾爱吾庐得安卧，笑人思颍忆平泉。

◎陆游，南宋文学家、史学家，字务观，号放翁。其诗、词、文均有很高成就，著有《剑南诗稿》《渭南文集》等。

◎我拄杖园内漫步，心已超然，情已逝，梦回有恨无人会。

◎失调名·选一

【宋】龚大明

山居好。山居好。
竹杖芒鞋恣幽讨。
坐分苔石树阴凉，
闲数落花听啼鸟。

◎龚大明，字若晦，号山隐。弱冠入山修炼，宁宗赐号“冲妙大师”。

◎还是住在山上好，我可以手持竹杖脚穿芒鞋，惬意生活。与苔石分树的荫凉，闲数落花听鸟鸣。

◎减字木兰花·己卯儋耳春词

【宋】苏轼

春牛春杖，无限春风来海上。
便丐春工，染得桃红似肉红。
春幡春胜，一阵春风吹酒醒。
不似天涯，卷起杨花似雪花。

◎牵起春牛，拉起犁杖。春风无限，吹红了桃花，染白了杨花。这哪里是天涯海角，分明是人间仙境！

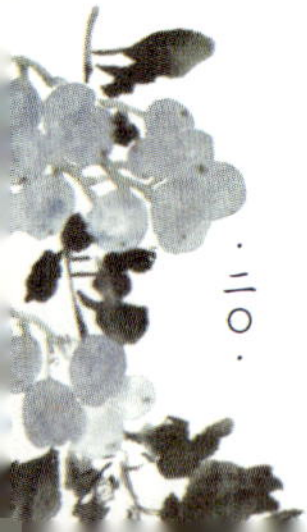

次韵伯氏长芦寺下

[宋] 黄庭坚

风从落帆休，天与大江平。
僧坊昼亦静，钟磬寒逾清。
淹留属暇日，植杖数连甍(méng)。
颇与幽子逢，煮茗当酒倾。
携手霜木末，朱栏见潮生。

樯移永正县，鸟度建康城。

薪者得树鸡，羹盂味南烹。

香秔(jīng)炊白玉，饱饭愧闲行。

从祠思归乐，吟弄夕阳明。

思归诚独乐，薇蕨渐春荣。

◎黄庭坚，北宋文学家、书法家，字鲁直，自号山谷道人，江西诗派开山之祖。著有《山谷词》。

◎风儿追逐着帆的脚步在此停留，远处水天一色。古寺幽静，钟声清越，路遇幽人，煮茶共饮，相与闲谈。我拄着手杖登高远眺，江潮上涨，飞鸟掠过。夕阳西下，杜鹃思归。

◎次韵雪后书事二首·其一

[宋] 朱熹

惆怅江头几树梅，杖藜行绕去还来。
前时雪压无寻处，昨夜月明依旧开。
折寄遥怜人似玉，相思应恨劫成灰。
沉吟日落寒鸦起，却望柴荆独自回。

◎朱熹，宋代理学家，字元晦，号晦庵。儒学集大成者，世称朱子。著述甚多，著有《晦庵词》《四书章句集注》《楚辞集注》等。

◎我拄杖在梅花树下徘徊，白雪覆梅，却遮不住她盛开的容颜。折下几枝寄相思，可怜相思应劫已成灰。寒鸦载着暮色归来，扰乱了我的思绪。

◎次韵答刘克勤

【明】云峰住公

老来轩冕不须期，还慕林泉岁月迟。
双眼长青惟爱客，满头都白苦缘诗。
尚传天禄书千卷，犹对青藜杖一枝。
无事闲来依佛日，白云深处启禅扉。

◎云峰住公，法住，号幻庵，又号云峰，明代僧人。

◎蓦然回首已迟暮，唯羡山林泉水幽。醉心诗书，岁月已白头。手持藜杖，抛却尘世纷扰，携一缕清风，与白云同游。

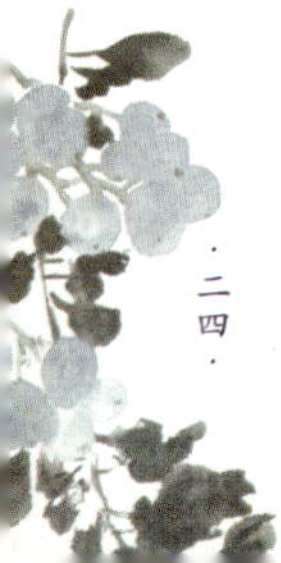

◎陌上桑

【汉】曹操

驾虹蜺，乘赤云，登彼九疑历玉门。

济天汉，至昆仑，见西王母，谒东君。

交赤松，及羡门，受要秘道爱精神。

食芝英，饮醴泉。拄杖桂枝，佩秋兰。

绝人事，游浑元。若疾风游欻翩翩。

景未移，行数千。寿如南山不忘愆。

◎曹操，字孟德，东汉末年杰出的政治家、军事家、文学家、书法家，三国时期曹魏政权的奠基人。精兵法，善诗歌，诗文气魄雄伟。

◎忘却人间事，天地之间任我游，快哉！长寿犹如南山，然而总是难以忘记自己以前的过失。

◎陆浑山庄

［唐］宋之问

归来物外情，负杖阅岩耕。
源水看花入，幽林采药行。
野人相问姓，山鸟自呼名。
去去独吾乐，无然愧此生。

◎宋之问，初唐诗人，字延清，一名少连，是律诗的奠基人之一。著有《宋之问集》。

◎陆浑山上没有尘世的喧嚣，这世外桃源让我有了退隐的想法。林幽花香，农夫热情地和我打招呼，山鸟自报家门，我迫切地想去寻找独属于我的那份快乐。

◎郊行漫兴

〔明〕陈鹤

山桥野店酒盈卮，
拄杖无钱欲典衣。
日暮杨花太无绪，
随风却自渡江飞。

◎陈鹤，明代学者，字鸣轩，号海樵。工诗善画，著有《海樵先生集》《越海亭诗集》。

◎独自漫游，偶遇桥边野店，拄杖驻足，入店无钱欲典衣。叹日暮将近，漫天杨花无绪。原来今夜，我与你皆是漂泊者。

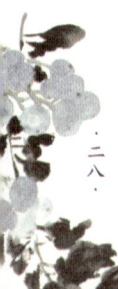

◎同印空夜坐凭虚阁

【明】陈继儒

人在钟声上，僧栖暮色边。
松枝高士麈，贝叶梵王言。
木落如飞鸟，山平疑澹烟。
灯残挥手去，曳杖听流泉。

◎陈继儒，明代文学家、书画家，字仲醇，号眉公。其工诗善文，著有《陈眉公全集》《小窗幽记》。

◎钟声杳杳，僧人枕着天边的暮色休憩。秋风起，摇落一树的秋色，我携杖听泉水欢歌。

◎偶题·选一

【宋】辛弃疾

闲花浪蕊不知名，
又是一番春草生。
病起小园无一事，
杖藜看得绿阴成。

◎辛弃疾，字幼安，号稼轩。南宋豪放派词人、将领。著有《稼轩长短句》。

◎时光流逝，又是一年春回人间。我却因年事已高，只能拄杖在园中看花开花落。

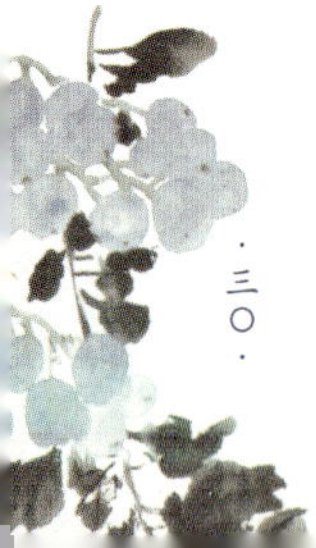

◎偶成

【宋】周端臣

一洒斑斑小雨晴，
杖藜随意散幽情。
不论城市山林地，
才有梅花处便清。

◎周端臣，宋代词人，字彦良，号葵窗。作品多伤春、怨别，著有《葵窗词稿》，已佚。

◎微雨初晴，携杖闲游。偶遇梅花，别有一番风韵与清雅。

代赵景贤和林定庵韵

【宋】释善珍

闲携竹杖过横塘，碧藕无花叶更香。
斋后随僧同洗钵，醉中得句旋投囊。
鱼沈似厌池光静，禽语如欣树影凉。
更欲招邀鸥鹭伴，菰(gū)蒲(pu)深处共平章。

◎释善珍，宋代诗僧，字藏叟，俗姓吕。著有《藏叟摘稿》。

◎菰蒲：菰和蒲，借指湖泽。

◎携一支竹杖，赏一池荷香。你我相对，饮酒赋诗。人生最暖的便是有人伴你话平生。

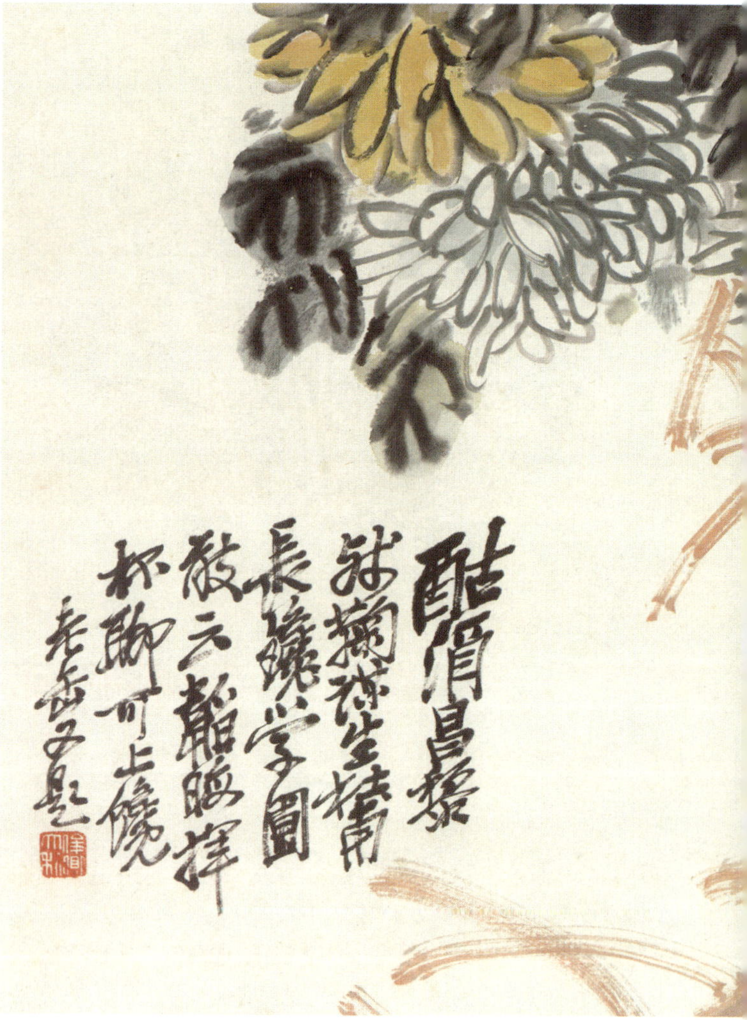

◎南歌子·策杖穿荒圃

[宋]吕渭老

策杖穿荒圃，登临笑晚风。
无穷秋色蔽晴空。
遥见夕阳江上、卷飞蓬。
雁过菰蒲远，山遥梦寐通。
一林枫叶堕愁红。
归去暮烟深处、听疏钟。

◎吕渭老，字圣求。著有《圣求词》。

◎策杖穿过清幽的园圃，思念在黄昏的波光里摇曳。

◎南溪早春

[宋] 杨万里

还家五度见春容，长被春容恼病翁。
高柳下来垂处绿，小桃上去末梢红。
卷帘亭馆酣酣日，放杖溪山款款风。
更入新年足新雨，去年未当好时丰。

◎杨万里，南宋诗人，字廷秀，号诚斋。其一生作诗两万多首，著有《诚斋集》。

◎春意萌动，常常撩拨我这迟暮的老人。那一片青绿，悄悄爬到柳树枝头；那一抹桃花，悄悄爬上树梢。我拄着拐杖，在溪山郊野间漫步。多情的春晖掀起亭馆的面纱窃窃私语，温情的风儿轻抚着溪水缓缓前行。

◎别离

［唐］陆龟蒙

丈夫非无泪，不洒离别间。
杖剑对尊酒，耻为游子颜。
蝮蛇一螫(shì)手，壮士即解腕。
所志在功名，离别何足叹。

◎陆龟蒙，唐代诗人、农学家，字鲁望，号江湖散人、天随子。诗多写景咏物，著有《甫里先生文集》。

◎离别是惆怅的。大丈夫豪情万丈，倚剑对酒高歌。

◎即事

［唐］白居易

见月连宵坐，闻风尽日眠。
室香罗药气，笼暖焙茶烟。
鹤啄新晴地，鸡栖薄暮天。
自看淘酒米，倚杖小池前。

◎白居易，字乐天，号香山居士。唐代现实主义诗人，著有《白氏长庆集》。

◎月色醉人，我不忍独眠；冷风肆虐，我不愿醒来。药气氤氲香满室。我倚杖小池边，闲看岁月静好。

◎叔方先生过咏归亭

〔元〕沈右

积雨空林喜夜晴，杖黎随意傍江行。
天寒木落青山出，日转沙墟白鸟明。
漫拟东林时酿黍，自怜南亩晚归耕。
颍川高士能相过，闲把瑶琴膝上横。

◎沈右，元代书法家，字仲说，号御斋，工诗。

◎刚下过雨的山林沐浴着久违的月色，我拄杖漫步江边。枯枝在寒风中萧瑟，鸟翼在阳光下闪动。归隐山林，闲抚瑶琴。

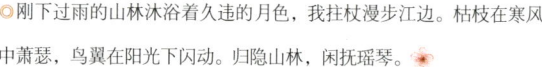

◎观我四首·老

【清】张问陶

中年岁月渺前生，变尽孩提古性情。
犹剩颓光恋儿女，也循常格到公卿。
飞花堕◎溷hùn春难挽，瞎马临池夜可惊。
几个飘然云水外，一枝竹杖万缘轻。

◎张问陶，清代诗人，字仲冶，号船山。著有《船山诗草》。

◎溷：厕所。

◎回首过往，时光带走了年少轻狂，沉淀了岁月沧桑。落花漫天，苍老了春的容颜。谁人能看透红尘，超然物外？

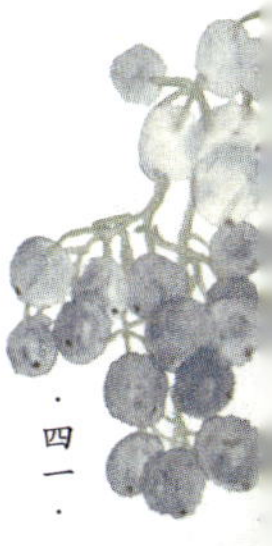

◎凤栖梧·生香亭

〔宋〕周密

竹杳花深连别墅。
曲曲回廊，小小闲庭宇。
忽地香来无觅处，杖藜闲趁游蜂去。
老桂凝秋森玉树。
涧底孤芳，苒苒吹诗句。
一掬幽情知几许？钩帘半亩藤花雨。

◎周密，南宋词人，字公谨，号草窗。其诗词典雅秾丽，讲究音律，著有《草窗旧事》《浩然斋雅谈》等。

◎翠竹窈窕，花朵丛丛，平添一院清幽，杖藜闲步寻香去。孤芳无人赏，我自掬一捧幽情。钩帘外，雨打藤花，凄凉了谁的心？

◎用清秋鹤发翁韵赋小书招洁堂·选一

［宋］马廷鸾

月照窗炯炯，
虫鸣室幽幽。
策杖柴门晓，
菰蒲半沼秋。

◎马廷鸾，宋朝宰相，字翔仲，号碧悟。著有《玩芳集》《木心集》，已佚。

◎一弯月色清如许，照亮了你的窗；一片虫鸣声浅浅，沉醉了一室的清幽。拄杖门前看朝霞，赏半池秋景。

◎六桥闲步

[宋] 薛师传

出郭青岑近，临流白鸟飞。
笙歌春雨歇，草树夕阳微。
山色邀藜杖，湖风◎飐（zhǎn）葛衣。
虚亭林处士，不见鹤来归。

◎薛师传，宋代诗人。著有《雪蓑集》，已佚。

◎春雨驻足，倾听笙歌的欢快，草木摇落一地的金色。青山邀我携杖同游，清风殷勤献舞。离别在即，为何不见鹤归来？

◎玄墓看梅·其一

［清］德元

谢却兰桡信杖藜，千峰盘磴入花畦。

晴云度影迷三径，暗水流香冷一溪。

僧寺多藏深树里，人家半在夕阳西。

登临更上朝元阁，满壁苔痕没旧题。

◎德元，清代僧人，字讷园。长于诗，五言、七言皆备，著有《来鹤庵诗草》。

◎下船拄杖步行，进入梅林。疏影横斜，溪水流香。朝元阁上，青苔满壁，淹没了谁的风华？

◎折桂令·自述

［元］乔吉

华阳巾鹤氅（chǎng）蹁（pián）跹（xiān），铁笛吹云，竹杖撑天。

伴柳怪花妖，麟祥凤瑞，酒圣诗禅。

不应举江湖状元，不思凡风月神仙。

断简残编，翰墨云烟，香满山川。

◎乔吉，元代杂剧家、散曲家，字梦符，号笙鹤翁。杂剧现存《金钱记》《扬州梦》《两世姻缘》三种，散曲集今有抄本《文湖州集词》。

◎头戴华阳巾，身穿鸟羽裘，一根竹杖走天下，鲜花垂柳伴我饮酒作诗、放浪江湖。不思尘事似神仙，古书虽残，墨香满山川。

◎定风波·莫听穿林打叶声

【宋】苏轼

三月七日沙湖道中遇雨。雨具先去，同行皆狼狈，余独不觉。已而遂晴，故作此词。

莫听穿林打叶声，何妨吟啸且徐行。

竹杖芒鞋轻胜马。谁怕？一蓑烟雨任平生。

料峭春风吹酒醒，微冷。山头斜照却相迎。

回首向来萧瑟处，归去，也无风雨也无晴。

◎人生难免遇到风风雨雨，但我有笑傲人生的豪情。坎坷人生又何妨，我自悠然信步。

宿赞公房

〔唐〕杜甫

杖锡何来此，秋风已飒然。
雨荒深院菊，霜倒半池莲。
放逐宁违性，虚空不离禅。
相逢成夜宿，陇月向人圆。

◎杜甫，字子美，自号少陵野老。唐代现实主义诗人，被后人尊为“诗圣”，著有《杜工部集》。

◎秋风萧瑟，雨尽碎，荒芜了满院残菊。霜皆白，凄凉了半池枯莲。任尘事纷扰，我心安然。

官庄晚霁

【明】潘纬

平原眺晚霁，百里见苍山。
鸟带浮云去，人从暮霭还。
村童过雨集，野老到秋闲。
倚杖逍遥者，听蝉竹径间。

◎潘纬，明代诗人，字仲文，一字象安。著有《潘象安诗集》等。

◎鸟儿飞过天空，带去浮云的思念；你身披金色的晚霞，朝我走来。我倚杖竹林听蝉，逍遥自在。

◎安石岭

【宋】沈说

茅屋鸡声勘夜分，
杖藜挑月带余醺。
不知身在孤峰顶，
回首人家尽白云。

◎沈说，宋代诗人，字惟肖。著有《庸斋小集》。

◎鸡鸣声声，催促着黑夜与白昼的交替。挑一肩月色，踏一片浮云，不知此时身在孤峰顶。

◎浣溪沙·麻叶层层苘叶光

【宋】苏轼

麻叶层层苘（qǐng）叶光，谁家煮茧一村香。

隔篱娇语络丝娘。

垂白杖藜抬醉眼，捋青捣麨软饥肠。

问言豆叶几时黄。

◎茧香飘溢，络丝娘娇语向谁言？

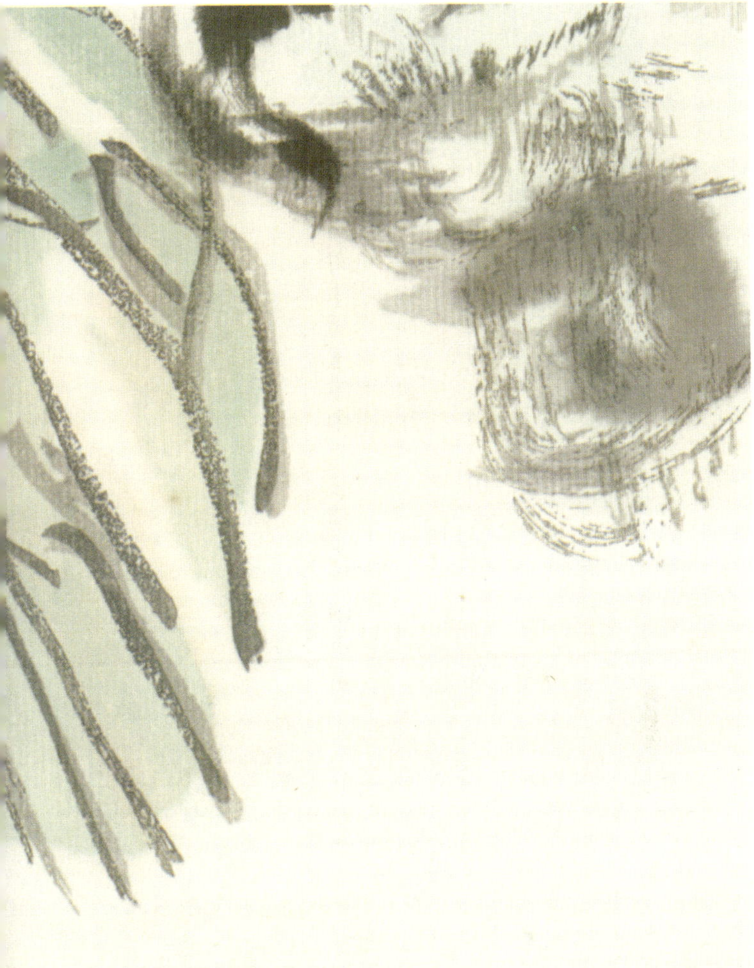

◎浣溪沙·野眺

【宋】米芾

日射平溪玉宇中，云横远渚岫重重。
野花犹向涧边红。
静看沙头鱼入网，闲支藜杖醉吟风。
小春天气恼人浓。

◎米芾，北宋书法家、画家，字元章。能诗文，书画自成一家，著有《宝晋英光集》《书史》等。

◎金色的阳光轻抚着平静的溪水，不知名的野花染红了溪水两岸。我拄着拐杖情不自禁地吟咏起来，听醉了春风，都怪这浓浓春意招惹了我！

◎清平乐·检校山园，书所见

［宋］辛弃疾

连云松竹。万事从今足。

拄杖东家分社肉。白酒床头初熟。

西风梨枣山园。儿童偷把长竿。

莫遣旁人惊去，老夫静处闲看。

◎松竹入云，白酒新熟。秋风吹熟了果子，馋嘴的孩子偷用长竿敲梨枣。

◎满江红·江行，简杨济翁、周显先

【宋】辛弃疾

过眼溪山，怪都似旧时曾识。还记得梦中行遍，江南江北。佳处径须携杖去，能消几緉平生屐。笑尘劳三十九年非，长为客。

吴楚地，东南坼。英雄事，曹刘敌。被西风吹尽，了无尘迹。楼观才成人已去，旌旗未卷头先白。叹人间哀乐转相寻，今犹昔。

◎依稀梦里行遍，江南江北，似曾相识，可笑一生身为客！风吹尽英雄豪杰事，壮志未酬身已老。

◎满江红·题范尉梅谷

［宋］刘克庄

赤日黄埃，梦不到清溪翠麓。空健羡、君家别墅，
几株幽独。骨冷肌清偏要月，天寒日暮尤宜竹。
想主人杖履绕千回，山南北。
宁委涧，嫌金屋；宁映水，羞银烛。叹出群风韵，
背时装束。竞爱东邻姬傅粉，谁怜空谷人如玉？
笑林逋何逊漫为诗，无人读。

◎刘克庄，字潜夫，号后村居士，南宋豪放派诗人。

◎烈日炎炎，尘埃漫漫，徒羡君家梅谷之清幽。月色如水，清冷了梅的高洁；暮色寒凉，坚韧了竹的挺拔；溪水山涧，孤傲了梅的风韵。世人偏爱美女的娇艳，谁会怜惜如玉的清雅？

◎满江红·齐山绣春台

【宋】吴潜

十二年前，曾上到、绣春台顶。
双脚健、不烦筇杖，透岩穿岭。
老去渐消狂气习，重来依旧佳风景。
想牧之、千载尚神游，空山冷。

山之下，江流永。江之外，淮山暝。望中原何处，虎狼犹梗。句蠡规模非浅近，石苻事业真俄顷。问古今、宇宙竟如何，无人省。

◎吴潜，南宋诗人，字毅夫，号履斋。其词格调沉郁，著有《履斋诗余》。

◎即使千年过去，绣春台依旧令人心驰神往，只是故人不在，独留空山清寂。江水滚滚流不尽，暮霭沉沉，一抹残阳斜照。

◎渭川田家

[唐] 王维

斜阳照墟落，穷巷牛羊归。
野老念牧童，倚杖候荆扉。
雉(zhì)雊(gòu)麦苗秀，蚕眠桑叶稀。
田夫荷锄至，相见语依依。
即此羡闲逸，怅然吟《式微》。

◎王维，唐代诗人、画家，字摩诘，号摩诘居士，有“诗佛”之称。其作品多咏山水田园，著有《王右丞集》。

◎雉雊：野鸡鸣叫。《式微》：《诗经》篇名，其中有“式微，式微，胡不归”之句，表归隐之意。

◎夕阳的余晖侵染了村落的暮色，老翁遥望牧归的孙儿，农人荷锄笑语依依，而我却徒有羡鱼情！

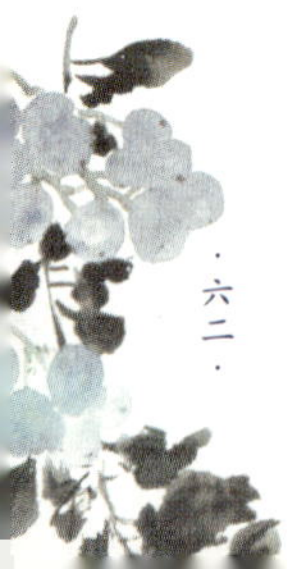

◎游山西村

［宋］陆游

莫笑农家腊酒浑，丰年留客足鸡豚。

山重水复疑无路，柳暗花明又一村。

箫鼓追随春社近，衣冠简朴古风存。

从今若许闲乘月，拄杖无时夜叩门。

◎路上处处是风景，而人生路上难免有失落和痛苦。我心若闲，这一生便海阔天空。

◎游黄华山

【金】元好问

黄华水帘天下绝，我初闻之雪溪翁，
丹霞翠壁高欢宫，银河下濯青芙蓉。
昨朝一游亦偶尔，更觉摹写难为功。
是时气节已三月，山木赤立无春容。
湍声汹汹转绝壑，雪气凛凛随阴风。
悬流千丈忽当眼，芥蒂一洗平生胸，

雷公怒击散飞雹，日脚倒射垂长虹。
骊珠百斛供一泻，海藏翻倒愁龙公。
轻明圆转不相碍，变见融结谁为雄？
归来心魄为动荡，晓梦月落春山空。
手中仙人九节杖，每恨胜景不得穷，
携壶重来岩下宿，道人已约山樱红。

◎元好问，金元之交文学家，字裕之，号遗山。其诗作成就最高，著有《中州集》《元遗山先生全集》等。

◎黄华山云霞流丹，峰峦叠翠，瀑布飞泻涤荡着山石，洗尽一腔沉郁。阳光拨开云的遮挡，惊叹长虹的美丽。我归来后仍魂牵梦绕，待到樱花烂漫，定要再睹其芳华。

◎游终南山

〔唐〕姚合

策杖度溪桥，云深步数劳。
青猿吟岭际，白鹤坐松梢。
天外浮烟远，山根野水交。
自缘名利系，好此结蓬茆。

◎姚合，唐代诗人，世称姚武功。擅长五律，以幽折清峭见长，著有《姚少监诗集》。

◎青猿啼叫，寂寥了山岭的空旷；白鹤栖息枝头，悠闲了松林的身姿。天边云雾缥缈，拂去虚名浮利的困扰。

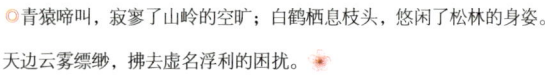

◎漫兴九首·其五

【唐】杜甫

肠断春江欲尽头，
杖藜徐步立芳洲。
颠狂柳絮随风去，
轻薄桃花逐水流。

◎无情的江水，流尽我思念的哀愁。痴情的柳絮与风儿轻轻拥吻，多情的桃花追逐着流水，缠绵私语。

◎漫兴二首·其一

[宋]汪藻

晨起翛(xiāo)然曳杖行，
一帘疏雨作秋清。
老来岁月能多少，
看得栽花结子成？

◎汪藻，宋代文学家，字彦章，号浮溪。著有《浮溪集》。

◎翛然：无拘无束，超脱貌。

◎悠然漫步，遇雨而返。帘外飘来秋的惆怅，我栽下了花还能等到花开吗？我种下了树还能等到枝繁叶茂吗？

◎江城子·示表侄刘国华

【宋】吴潜

家园十亩屋头边。正春妍，酿花天。
杨柳多情，拂拂带轻烟。
别馆闲亭随分有，时策杖，小盘旋。
采山钓水美而鲜。饮中仙，醉中禅。
闲处光阴，赢得日高眠。
一品高官人道好，多少事，碎心田。

◎百花竞放，娇媚了春天的容颜。淡淡轻烟，多情杨柳，我策杖徘徊，流连忘返。饮不尽闲情逸致，醉中禅心淡然。红尘喧嚣，聒噪了我的心田。

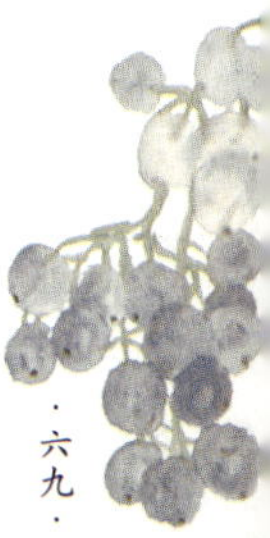

◎池上

【明】张光启

倚杖池边立，
西风荷柄斜。
眼明秋水外，
又放一枝花。

◎张光启，明末清初诗人，字元明。著有《自娱草》《张仲子诗》。

◎我拄杖站立池边，西风拂过，倾斜了残荷孤独的身影。众芳摇落处，一枝新荷惊艳了满池萧瑟。

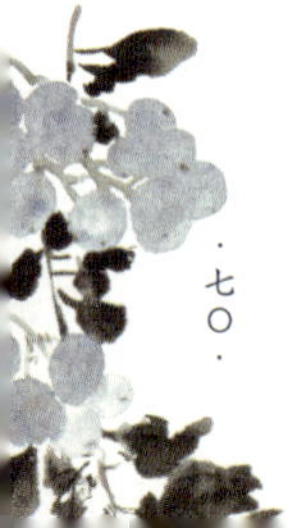

◎湖西杂感诗·选一

[宋]释智圆

静思尘世事茫茫，
策杖闲吟出草堂。
欲喻浮生那远觅，
芭蕉昨夜已经霜。

◎释智圆，宋初诗文僧，字无外，自号中庸子，俗姓徐。好读儒书，喜为诗文。

◎尘世喧嚣，策杖闲吟，细品流年。浮生若梦，任岁月安好。

壽人壽世

紅蝦下盦

丙寅春杪吳昌碩

肝患初平時年八十三

◎溪上

【宋】宋祁

杖策溪边兴尽归。
片云何事逐人飞。
飘然自是无心物。
欲去还来上客衣。

◎宋祁，北宋文学家，字子京。其诗词语言工丽，因“红杏枝头春意闹”，被称为“红杏尚书”。

◎溪边漫步，尽兴而归。既已分离，何必不舍！既是无心，何必多情！

◎绝句

［宋］释志南

古木阴中系短篷，
杖藜扶我过桥东。
沾衣欲湿杏花雨，
吹面不寒杨柳风。

◎释志南，南宋诗僧，法号志南。

◎杏花时节，细雨呢喃，欲来还羞。和风徐徐，绿了杨柳，暖了我心。

◎绝命词

【清】袁枚

赋性生来本野流，手提竹杖过通州。
饭篮向晓迎残月，歌板临风唱晚秋。
两脚踢翻尘世路，一肩担尽古今愁。
如今不受嗟来食，村犬何须吠不休。

◎袁枚，清代诗人、散文家，字子才，号简斋，著有《小仓山房文集》《随园诗话》等。

◎我生性自由，只愿携杖走天涯。晓风残月，人生豪迈。如今我已不受嗟来食，何必不依不饶？

◎城南五题其二·独游

【宋】穆修

水曲林幽独杖藜，
◎郫(pí)筒香入乱花携。
轻肥不得寻春意，
动要笙歌逐马蹄。

◎穆修，北宋文学家，字伯长，世称“穆参军”。著有《河南穆公集》。

◎花的芬芳使酒香更浓郁，笙歌相随，骑马寻春去。

◎猛虎行

【晋】陆机

渴不饮盗泉水，热不息恶木阴。

恶木岂无枝，志士多苦心。

整驾肃时命，杖策将远寻。

饥食猛虎窟，寒栖野雀林。

日归功未建，时往岁载阴。

崇云临岸骇，鸣条随风吟。
静言幽谷底，长啸高山岑。
急弦无懦响，亮节难为音。
人生诚未易，曷云开此衿。
眷我耿介怀，俯仰愧古今。

◎陆机，西晋文学家、书法家，字士衡。其诗重藻绘排偶，与弟陆云合称“二陆”，被誉为“太康之英”。

◎孔子不饮盗泉之水，高洁之士不乘凉于丑陋之树下。时光易逝，功业未成，我徘徊在幽谷，在风中沉思悲叹；我徜徉于山巅，在云间感慨。

◎夏初雨后寻愚溪

[唐] 柳宗元

悠悠雨初霁jì，独绕清溪曲。
引杖试荒泉，解带围新竹。
沉吟亦何事，寂寞固所欲。
幸此息营营，啸歌静炎燠yù。

◎柳宗元，唐代文学家、思想家，字子厚，唐宋八大家之一。著有《柳河东集》《永州八记》。

◎阳光吻去了天空的泪水，溪水载着我的孤独曲折前行。功名利禄似尘网，却网不住我淡泊的心境。

◎夏日山居好十首·选一

〔宋〕舒岳祥

夏日山居好，虫鸣山更幽。
青鞋紫藤杖，玉醴绿瓷瓯。
飞露吹黄葛，凉风洒白头。
已知时雨顺，更有虎狼忧。

◎舒岳祥，宋代文学家，字舜侯，人称阆风先生。著有《阆风集》。

◎山风凉透了夏日的心坎，虫鸣更显山中的幽静。携一杖闲情，饮一杯风雅。露湿衣巾，风吹过，我心凄凉。

◎夏日过庄严寺僧索诗为留三绝·其二

〔宋〕晁公武

笑脱尘衫扑软红，
杖藜徙倚水光中。
最怜林叶深深处，
遮尽斜阳不碍风。

◎晁公武，字子止，号昭德先生。南宋目录学家、藏书家，著有《郡斋读书志》。

◎尘世繁华，倚杖山水间。最爱层林深处，一树斜阳，半坡凉风。

◎送灵澈上人还越中

〔唐〕刘长卿

禅客无心杖锡还，沃洲深处草堂闲。
身随敝屦经残雪，手绽寒衣入旧山。
独向青溪依树下，空留白日在人间。
那堪别后长相忆，云木苍苍但闭关。

◎刘长卿，唐代诗人，字文房。其工于诗，长于五言，自称“五言长城”。

◎禅客超然洒脱，任一双敝屦踏遍残雪。树下悟道归去，独留一处寂寥。人间最痛苦的莫过于你在思念，他却无心。

◎过菊江亭

【明】于谦

杖履逍遥五柳旁，
一辞独擅晋文章。
黄花本是无情物，
也共先生晚节香。

◎于谦，明朝名臣，字廷益，号节庵，世称于少保。著有《于忠肃集》。

◎五柳宅前，拄杖漫步，遥想先生情操独领风骚。菊花本是无情物，却因先生香气满人间。

◎过德孺池上二首·其一

[宋] 李处权

树色溪光五月寒，幅巾藜杖接清欢。
吞声鸟自屏中过，倒影山从镜里看。
佳处唯堪著胸次，平生久已付毫端。
向来未筑沙堤路，岂信东山有谢安。

◎李处权，宋代诗人，字巽伯。其诗清脱爽健，有《崧庵集》。

◎溪水流寒，人间最美是清欢。飞鸟划过天空，青山对镜自怜。胸中有佳处，何必到东山。

述怀

[唐] 魏徵

中原初逐鹿，投笔事戎轩。纵横计不就，慷慨志犹存。
杖策谒天子，驱马出关门。请缨系南越，凭轼下东藩。
郁（yù）纡（yū）陟（zhì）高岫（xiù），出没望平原。古木鸣寒鸟，空山啼夜猿。
既伤千里目，还惊九逝魂。岂不惮艰险？深怀国士恩。
季布无二诺，侯嬴重一言。人生感意气，功名谁复论。

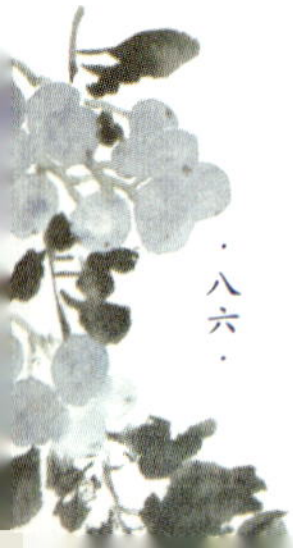

◎魏徵，唐代宰相、文学家，字玄成。因直言进谏，辅佐唐太宗共同创建“贞观之治”的大业，被后人称为“一代名相”。

◎述怀：一作《出关》。

◎群雄并起逐鹿中原，好男儿当投笔从戎，我策马出潼关。寒鸟的悲鸣，凄凉了古木的残枝；夜猿的啼鸣，划破了空山的静谧。前途未卜，岂能无惧？人生在世，意气当先，何必在意，那些功名利禄。

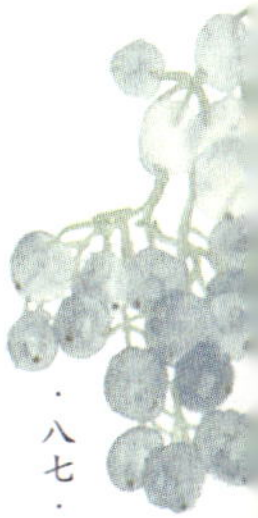

◎遣句

【明】如晓

倚杖看松残雪后，
荷锄移竹小春前。
较多白发浑闲事，
得住青山又一年。

◎如晓，字萍踪，明代僧人。

◎青松残雪送走了冬日的苍凉，栽一丛新竹迎来春的温暖。枯等流年发如雪，苍老了谁的容颜？

◎四月二十三日晚同太冲、表之、公实野步

【宋】洪炎

四山矗矗野田田，近是人烟远是村。
鸟外疏钟灵隐寺，花边流水武陵源。
有逢即画原非笔，所见皆诗本不言。
看插秧针欲忘返，杖藜徒倚到黄昏。

◎洪炎，字玉父，宋代江西诗派诗人。其诗歌意趣深沉，有《西渡集》传世。

◎群山巍然，拥抱着田间的青翠，远远近近，弥漫着烟火的气息。飞鸟划过天空，远处传来隐隐钟声，流水潺潺带去花的幽香。一路行来皆画意，闲看插秧至黄昏。

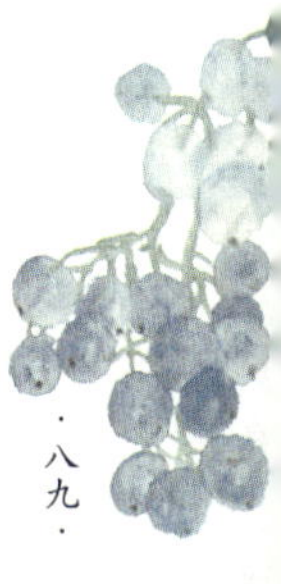

◎咏松·选一

［宋］胡仲弓

高风过岩麓，
林杪撼潮海。
满地落松花，
杖履袭清霭。

◎胡仲弓，宋代诗人，字希圣。工诗，著有《苇航漫游稿》。

◎风穿过树林，抖落了一地的松花。我拄杖漫步在雾霭中。

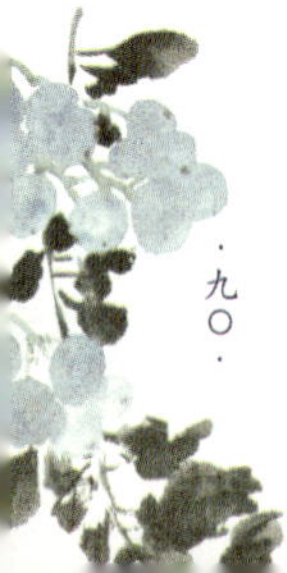

◎如梦令·桃李东风不耐

［元］许有壬

桃李东风不耐。
好在西山如黛。
杖策看山来，
正尔青青相待。
无奈。无奈。
却被暮云妨碍。

◎许有壬，元代文学家，字可用。著有《至正集》《圭塘小稿》。

◎春风过，西山苍翠如黛，暮云散落在天上，暗淡了西山。

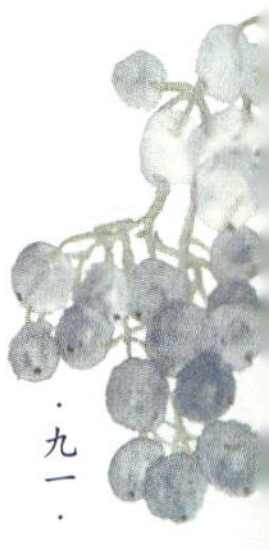

◎小桃源

【宋】张师夔

策杖西行路曲斜，
一溪春水野人家。
武陵胜处今何在？
不问桃源问落花。

◎张师夔，宋代诗人，字清父，孝宗乾道间进士。

◎拄杖寻春，春随流水去。心中桃源何处寻？问落花。

◎小桃红·消遣

【元】爱山

一溪流水水溪云，雨霁山光润，
野鸟山花破愁闷。
乐闲身，拖条藜杖家家问。
问谁家有酒，见青帘高挂，
高挂在杨柳岸杏花村。

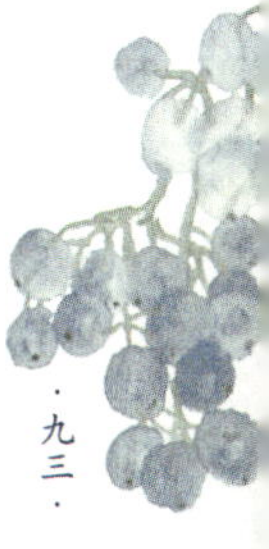

世间惟有酒忘忧，酒况谁参透？
酒解愁肠破僝chán僽zhòu。
到心头，三杯涤尽胸中垢。
和颜润色，延年益寿，
一醉解千愁。

◎爱山，元代散曲家。

◎僝僽：憔悴，烦恼。

◎新雨后，溪水流云，花香鸟鸣幽。拄杖寻酒家，酒入愁肠解千愁。

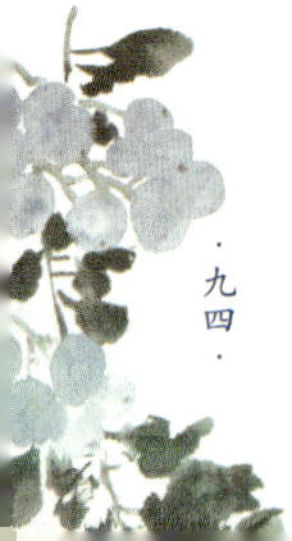

◎山鬼谣

[宋] 辛弃疾

雨岩有石，状怪甚，取《离骚》《九歌》，名曰《山鬼》，因赋《摸鱼儿》，改今名。

问何年此山来此？西风落日无语。看君似是羲皇上，
直作太初名汝。溪上路，算只有红尘不到今犹古。
一杯谁举？笑我醉呼君，崔嵬未起，山鸟覆杯去。
须记取：昨夜龙湫风雨。门前石浪掀舞。四更山鬼吹灯啸，
惊倒世间儿女。依约处，还问我：清游杖屦公良苦。
神交心许。待万里携君，鞭笞鸾凤，诵我《远游》赋。

石浪，庵外巨石也，长三十余丈。

◎空山独酌，孤寂谁知，醉酒举杯君笑我。昨夜风雨呼啸，君与我心神相交，我欲与君遨游万里。

◎山东兰若遇静公夜归

[唐] 唐求

松门一径微，苔滑往来稀。
半夜闻钟后，浑身带雪归。
问寒僧接杖，辨语犬衔衣。
又是安禅去，呼童闭竹扉。

◎唐求，晚唐诗人。其诗风格清新自然，写诗常投入葫芦中，称为“一瓢诗人”。

◎柴门外小路蜿蜒，青苔湿滑。钟声划破夜的静谧，夜归人带来远方的问候。

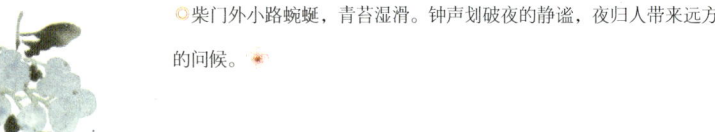

◎徐凫岛

［宋］王时会

绝壑挽空云与平，
横飞寒瀑万年声。
杖藜平过人间险，
独向千山顶上行。

◎王时会，南宋诗人，字季嘉，号泰庵。著有《泰庵存稿》。

◎绝壁横空入云霄，飞瀑直下似银河倾泻。何惧人间凶险，我自豪情万丈！

◎行香子·雪后闲眺

【宋】汪莘

策杖溪边。倚杖峰前。望琼林、
玉树森然。谁家残雪，何处孤烟。
向一溪桥，一茅店，一渔船。
别般天地，新样山川。唤家童、
访鹤寻猿。山深寺远，云冷钟残。
喜竹间灯，梅间屋，石间泉。

◎汪莘，字叔耕，号柳塘。著有《方壶存稿》《方壶集》。

◎拄杖溪边漫步，望不尽一山苍茫。一片残雪，一处孤烟，一只渔船，何等闲人。深山藏古寺，傍晚钟声响。寻仙访幽，别有一番雅致。

◎水调歌头·盟鸥

［宋］辛弃疾

带湖吾甚爱，千丈翠奁开。先生杖屦无事，
一日走千回。凡我同盟鸥鹭，今日既盟之后，
来往莫相猜。白鹤在何处，尝试与偕来。
破青萍，排翠藻，立苍苔。窥鱼笑汝痴计，
不解举吾杯。废沼荒丘畴昔，明月清风此夜，
人世几欢哀。东岸绿阴少，杨柳更须栽。

◎我与鸥鸟相约，怎奈多情却被无情恼，不解吾意！明月清风，知己难觅，情何以堪！

◎水调歌头·呈汉阳使君

【宋】王以宁

大别我知友，突兀起西州。十年重见，依旧秀色照清眸。常记鲒jié埼狂客，邀我登楼雪霁，杖策拥羊裘。山吐月千仞，残夜水明楼。

黄粱梦，未觉枕，几经秋。与君邂逅，相邀飞步碧山头。举酒一觞今古，叹息英雄骨冷，清泪不能收。鹦鹉更谁赋，遗恨满芳州。

◎王以宁，宋代词人，字周士。著有《王周氏词》。

◎十年的离别，你容颜依旧，惊艳了时光。我策杖登楼，看明月照流水。与君相逢，饮一杯今古愁。满腔遗恨，谁作鹦鹉赋？

◎水龙吟·燕翎谁寄愁笺

［宋］周密

燕翎谁寄愁笺？天涯望极王孙草。新烟换柳，光风浮蕙，余寒尚峭。倚杖看云，剪灯听雨，几番诗酒！叹长安倦客，江南旧恨，飞花乱，清明后。

堤上垂杨风骤。散香绵轻沾吟袖。曲尘两岸，纹波十里，暖蒸香透。海阔云深，水流春远，梦魂难勾。问莺边按谱，花前觅句，解相思否？

◎望断天涯，饮不尽离愁。春寒料峭，嫩柳如烟。倚杖看云卷云舒，听雨剪灯花。落花飞舞，乱了春的节奏。柳絮沾衣袖，落花随流水，流去春的思念。花前独徘徊，吟诗觅句，能否解相思？

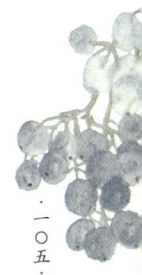

◎水调歌头·春事已如许

[宋] 李处全

春事已如许，柳眼早依依。故园桃李何似，芳蕊想团枝。此地嵩高名里，信美元非吾土，清梦绕瀍涧。扶杖欲行乐，还使我心悲。

对琴书，歌一阕，引千卮。昔曾系楫，今日投老叹吾衰。睡起推窗凝睇，失喜柔桑微绿，便拟作春衣。搔首长吟处，此意有谁知。

◎李处全，南宋词人，字粹伯。工词，著有《晦庵词》。

◎春色撩人，桃李芬芳了春的色彩。拄杖寻春，却伤心。

◎祝英台近·水纵横

【宋】辛弃疾

与客饮瓢泉，客以泉声喧静为问，余醉，未及答，或者以『蝉噪林逾静』代对，意甚美矣。翌日为赋此词以褒之。

水纵横，山远近，拄杖占千顷。
老眼羞明，水底看山影。
试教水动山摇，吾生堪笑，似此个
青山无定。

一瓢饮，人问「翁爱飞泉，来寻个中静；
绕屋声喧，怎做静中境？」
「我眠君且归休，维摩方丈，待天女散花时问。」

◎水波动荡，山影摇曳，恰似我飘摇不定的一生。山水间的情趣，岂是人人皆懂？

◎贺新郎·题傅岩叟悠然阁

【宋】辛弃疾

路入门前柳。到君家悠然细说，渊明重九。岁晚凄其无诸葛，惟有黄花入手。更风雨东篱依旧。陡顿南山高如许，是先生拄杖归来后。山不记，何年有。

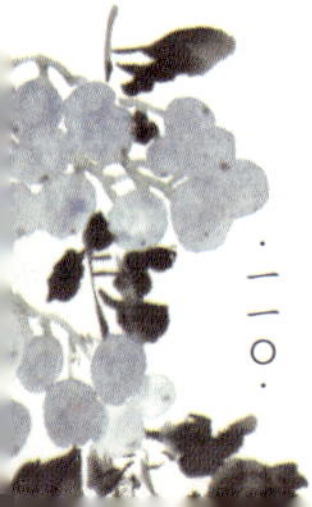

是中不减康庐秀。倩西风为君唤起，翁能来否？鸟倦飞还平林去，云自无心出岫◎。剩准备新诗几首。欲辨忘言当年意，慨遥遥我去羲农久。天下事，可无酒！

◎岫：山峰。

◎感慨如今世风日下，很难可以像陶渊明那样悠然自得。天下事不堪一提，唯有饮酒以消愁。

◎贺新郎·寄李伯纪丞相

[宋] 张元干

曳杖危楼去。斗垂天、沧波万顷，月流烟渚。扫尽浮云风不定，未放扁舟夜渡。宿雁落、寒芦深处。怅望关河空吊影，正人间、鼻息鸣○鼍tuó鼓。谁伴我，醉中舞？

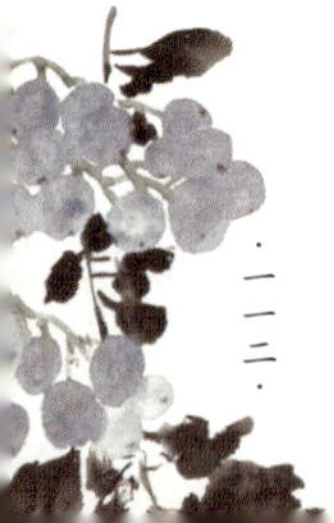

十年一梦扬州路。倚高寒、愁
生故国，气吞骄虏。要斩楼兰
三尺剑，遗恨琵琶旧语。谩暗
涩、铜华尘土。唤取谪仙平章
看，过苕溪、尚许垂纶否？风
浩荡，欲飞举。

◎张元干，宋代词人，字仲宗，自号真隐山人。早年词风婉媚，南渡后豪放，著有《芦川归来集》。

◎拄杖独上高楼，仰望星空，俯视沧波。寒风吹，浮云散，栖宿的鸿雁已落在芦苇深处。心中惆怅，谁肯伴我醉中起舞？满怀惆怅，高处不胜寒。气吞骄虏，长风浩荡，我欲展宏图。

◎赠梁浦秀才斑竹拄杖

［唐］贾岛

拣得林中最细枝，
结根石上长身迟。
莫嫌滴沥红斑少，
恰似湘妃泪尽时。

◎贾岛，唐代诗人，字阆仙，自号碣石山人。人称诗奴，与孟郊共称“郊寒岛瘦”。

◎我在林中寻得一根湘妃竹，做成竹杖赠予你，你莫要嫌弃它上面的斑纹少，那恰似湘妃泪尽时的样子。

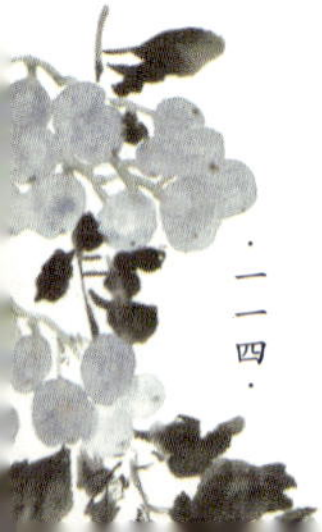

◎辋川闲居赠裴秀才迪

【唐】王维

寒山转苍翠，秋水日潺湲。
倚杖柴门外，临风听暮蝉。
渡头余落日，墟里上孤烟。
复值接舆醉，狂歌五柳前。

◎辋川：水名。接舆：楚国狂士

◎秋水不知疲倦地向远方流淌，秋风吹淡了暮蝉的吟唱。昔有接舆“凤歌笑孔丘”，今有裴迪醉酒在我面前唱歌。

◎日暮倚杖水边

【金】王寂

水国西风小摇落，撩人羁绪乱如丝。
大夫泽畔行吟处，司马江头送别时。
尔辈何伤吾道在，此心惟有彼苍知。
苍颜华发今如许，便挂衣冠已是迟。

◎王寂，金代文学家，字元老，号拙轩。工诗文，著有《拙轩集》。

◎秋风萧瑟，摇落片片黄叶。想到自己漂泊的人生，心绪乱如发。江州司马，泪湿青衫，唯有苍天知我心。白发苍苍，容颜衰老，我欲归隐已太迟。

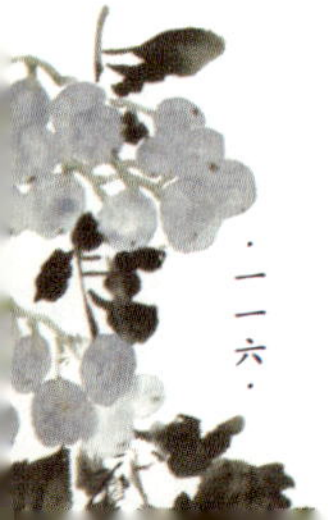

◎春日游山偶成

［明］郭登

林下扶藤杖，
溪边整葛巾。
春风莫相妒，
不是折花人。

◎郭登，明代名将，字元登。善治军，诗才咨肆，与其父兄合著《联珠集》，今已佚。

◎我携杖林间闲游，春风不要嫉妒我的悠闲，我不会破坏春的美好。

◎春晚

［宋］左纬

池上柳依依，柳边人掩扉。
蝶随花片落，燕拂水纹飞。
试数交游看，方惊笑语稀。
一年春又尽，倚杖对斜晖。

◎左纬，宋代诗人，字经臣，号委羽居士。著有《委羽居士集》。

◎杨柳依依，轻抚着风儿的倩影，落花为蝴蝶伴舞，多情的燕子扰乱了池水的心扉。忽觉时光易逝，倚杖对斜阳。

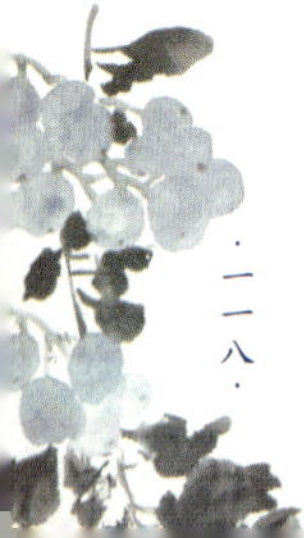

◎春归

［唐］杜甫

苔径临江竹，茅檐覆地花。
别来频甲子，倏忽又春华。
倚杖看孤石，倾壶就浅沙。
远鸥浮水静，轻燕受风斜。
世路虽多梗，吾生亦有涯。
此身醒复醉，乘兴即为家。

◎倏忽：一作“归到”。又：一作：“忽”。

◎临江的地方长满了竹子，茅檐下开满了鲜花。我坐在江边独自饮酒，人生苦短，吾心亦要豁然。

◎春日还郊

【唐】王勃

闲情兼嘿语，携杖赴岩泉。
草绿萦新带，榆青缀古钱。
鱼床侵岸水，鸟路入山烟。
还题平子赋，花树满春田。

◎王勃，字子安，才华横溢，文采斐然，为“初唐四杰”之首。

◎我有闲情逸致，携杖游山水。芳草如茵，榆荚串串，鸟儿划过天空。一树繁花春正浓，我欲归田学平子。

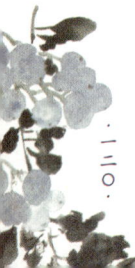

◎春兴

【明】胡俨

门外草萋萋，东西路欲迷。
莺梢穿树蝶，燕拾落花泥。
深翠笼长薄，流云度碧溪。
独携筇竹杖，不觉过桥西。

◎胡俨，明代书法家，字若思。著有《颐庵文选》《胡氏杂说》。

◎芳草萋萋，东西走向的路都要分不清了。黄莺枝头看蝶舞，落红满地，燕子衔泥。白云倒映在溪水上，我携杖悠然漫步。

◎春日闲居述怀

〔明〕杜琼

红尘道上马纷纷，延绿亭中杳不闻。
日转长林移树影，雨余芳径长苔纹。
闲吟自策青藜杖，高卧谁书白练裙。
寡过未能身易老，此生惟恐负斯文。

◎杜琼，明代学者、画家，字用嘉，号鹿冠道人。学识渊博，著有《耕余杂录》《东原斋集》。

◎太阳拉长了树的身影，雨后小径上长满了青苔。任世事沧桑，我内心依旧安然！

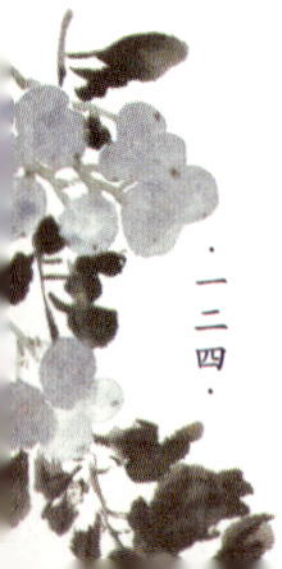

◎春晚二首·选一

［宋］朱松

客路归来芳节阑，
杖藜随处小盘桓。
危红数点藏深绿，
须作春风烂漫看。

◎朱松，字乔年，号韦斋，南宋理学家，朱熹之父。其诗作清新流畅，著有《韦斋集》。

◎从外归来，拄杖小径徘徊。此时已绿肥红瘦，春风烂漫。

◎春游·其一

[宋]董嗣杲

山童携竹杖，支我步城头。
东风扑酒香，吹醒殊乡愁。
江波荡太阳，万顷金色浮。
土人不识此，我可专春游。

◎董嗣杲，南宋诗人，字明德，号静传。宋亡改名思学，字无益。著有《庐山集》《英溪集》。

◎我登高远眺，春风带来酒的香醇，勾起我思念的愁绪。江波荡漾着阳光的色彩，为我送来春日的温情。

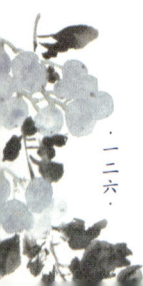

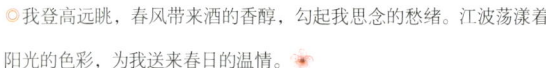

◎春日

［元］倪瓒

闭门积雨生幽草，叹息樱桃烂熳开。

春浅不知寒食近，水深唯有白鸥来。

即看垂柳侵矶石，已有飞花拂酒杯。

今日新晴见山色，还须拄杖踏青苔。

◎倪瓒，元代画家、诗人，字泰宇，号云林子。擅画山水、墨竹，著有《清闭阁集》。

◎一场春雨一场绿，春天的美是多彩的，有白鹭、垂柳、飞花。我拄杖踏青，潇洒从容。

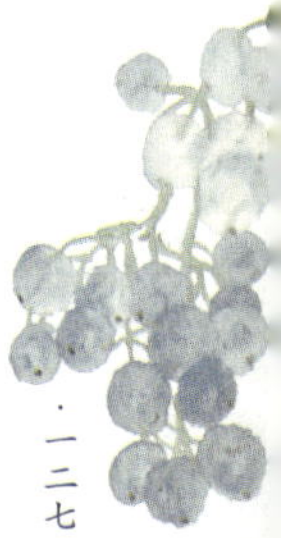

◎春日即事二首·选一

〔宋〕葛绍体

地僻人稀春日长，
小池波暖浴鸳鸯。
闲拈藜杖归来晚，
帘幕风微花气香。

◎葛绍体，宋代诗人，字元承。著有《东山诗文选》，已佚。

◎春日漫漫，鸳鸯情深，暖了一池春水。闲携藜杖，悠然忘返，风渐止，一帘花香惹人醉。

◎晚庭逐凉

【唐】白居易

送客出门后，移床下砌初。
趁凉行绕竹，引睡卧看书。
老更为官拙，慵多向事疏。
松窗倚藤杖，人道似僧居。

◎走遍人世路，岁月白了双鬓。但求余日清浅，看书做梦，手持藤杖，背倚松窗。

◎晚景

〔唐〕子兰

池荷衰飒菊芬芳，
策杖吟诗上草堂。
满目暮云风卷尽，
郡楼寒角数声长。

◎子兰，晚唐僧人。

◎秋风萧瑟了荷花的风韵，芬芳了菊花的风骨。天上的云彩已随风流浪，城楼上的号角吹起了谁的哀伤？

◎晚眺

【宋】孟宾于

倚杖残秋里，吟中四顾频。
西风天际雁，落日渡头人。
草色衰平野，山阴敛暮尘。
却寻苔径去，明月照村邻。

◎孟宾于，唐代诗人，字国仪，号玉峰叟。著有《金鳌集》，已佚。

◎我倚杖在残秋里驻足，寒风吹过南归的雁群，摆渡人划破落日的余晖。枯草摇曳出深秋的凄凉，群山淹没在暮色里，我愿独享这一片宁静。

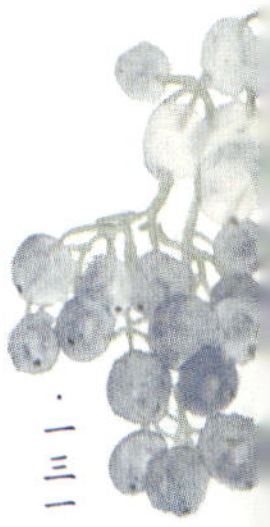

◎晚对亭

[宋] 虞亿

落日下青嶂，
归云犹未安。
倚杖无言久，
夕阴生翠寒。

◎虞亿，宋朝诗人。

◎青山沐浴着落日的余晖，晚霞留恋着天空的味道。我倚杖沉思，不觉凉意渐浓。

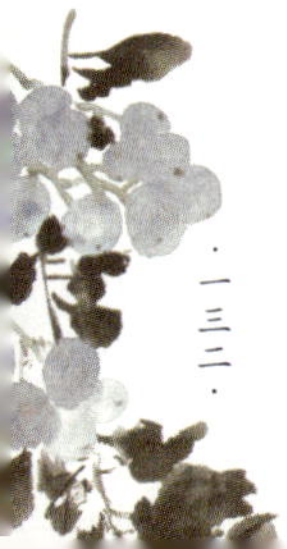

◎晓出黄山寺

[宋]高翥

晓上篮舆出宝坊，野塘山路尽春光。

试穿松影登平陆，已觉钟声在上方。

草色溪流高下碧，菜花杨柳浅深黄。

杖藜切莫匆匆去，有伴行春不要忙。

◎高翥，宋代诗人，初名公弼，字九万。善绘画，著有《菊磵小集》。

◎篮舆：竹轿。宝坊：对寺庙的敬称。

◎我披着朝霞，踏着旖旎的春光，来到你的身边。溪水曲折，扰乱了谁的心境？浓淡相宜，描绘了谁的妆容？面对这撩人春色，我多想拥你入怀。

◎新春漫兴

[明] 刘玉

杖藜门外问浮槎，
路隔溪南处士家。
梅子渐肥栀子瘦，
黄鹂啼尽雨中花。

◎刘玉，明代诗人。

◎暮春时节，雨肥了梅子，风瘦了栀子。雨湿落花，黄鹂声声啼。

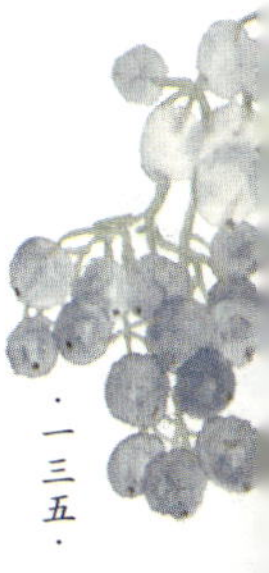

◎戊午元日二首·其一

【宋】刘克庄

过去光阴箭离弦，河清易俟鬓难玄。
再加孔子从心岁，三倍周郎破贼年。
耄齿阻陪鸠杖列，瞽言曾献兽樽前。
磻溪淇澳吾何敢，且学香山也自贤。

◎时光易逝，人易老，鬓发已斑白。虽至耄耋，却志在千里。

◎村居偶成

〔宋〕姚孝锡

静爱柴门野兴幽，杖藜徐步到岩丘。
深林有兽鸟先噪，废圃无人泉自流。
土瘠税租随力办，年丰禾黍过时收。
客来不虑无供给，白酒黄鸡亦易求。

◎姚孝锡，宋末金初文学家，字仲纯，号醉轩。著有《鸡肋集》，已佚。

◎我拄杖漫步徐行，独爱村居的闲逸清幽。鸟儿惊飞，打破了深林的幽静；泉水叮咚空自流。

◎点绛唇·野岸孤舟

【宋】赵子发

野岸孤舟，断桥明月穿流水。
雁声嘹呖。双落行人泪。
去岁吾家，曾插黄花醉。
今那是。杖藜西指。
看即成千里。

◎赵子发，宋代词人，字君举，燕王德昭五世孙。《全宋词》存其词十七首。

◎明月照流水，雁声阵阵，凄凉了行人的心。忆旧岁，曾插菊花醉，而今转瞬成千里。

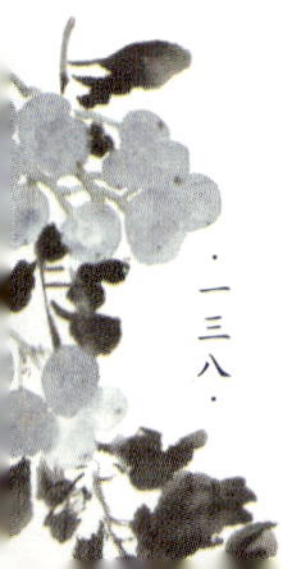

◎看叶

［宋］罗与之

红紫飘零草不芳，
始宜携杖向池塘。
看花应不如看叶，
绿影扶疏意味长。

◎罗与之，宋代诗人，字与甫，号雪坡。其诗多写山水景物和隐逸趣味，著有《雪坡小稿》。

◎百花凋零，芳草枯萎，零落了春的气息。绿影摇曳，在池塘的波心里荡漾。看花不如看叶，阅尽繁华，方知胸中别有一番滋味。

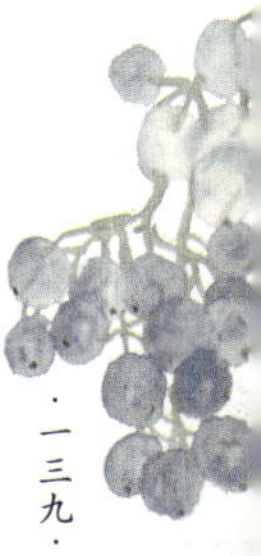

◎鹧鸪天·林断山明竹隐墙

【宋】苏轼

林断山明竹隐墙，乱蝉衰草小池塘。
翻空白鸟时时见，照水红蕖细细香。
村舍外，古城旁，杖藜徐步转斜阳。
殷勤昨夜三更雨，又得浮生一日凉。

◎聒噪的蝉鸣扰乱了我的思绪，塘里的荷香浸透了我的孤寂。斜阳低转，因为昨夜的那场雨，今日备感清凉。

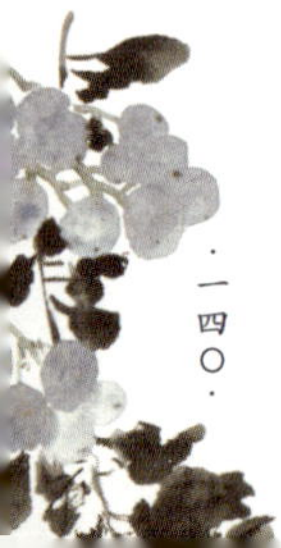

◎鹧鸪天·石壁虚云积渐高

【宋】辛弃疾

石壁虚云积渐高，溪声绕屋几周遭。
自从一雨花零落，却爱微风草动摇。
呼玉友，荐溪毛，殷勤野老苦相邀。
杖藜忽避行人去，认是翁来却过桥。

◎细雨落红，凌乱了花的容颜；微风徐来，摇动着草的风情。

◎鹧鸪天·鹅湖归病起作

【宋】辛弃疾

著意寻春懒便回。何如信步两三杯。
山才好处行还倦，诗未成时雨早催。
携竹杖，更芒鞋。朱朱粉粉野蒿开。
谁家寒食归宁女，笑语柔桑陌上来。

◎有意寻春，未能尽意，不如信步徐行，把酒漫兴。最美的风景，莫过于归宁之女的盈盈笑语。

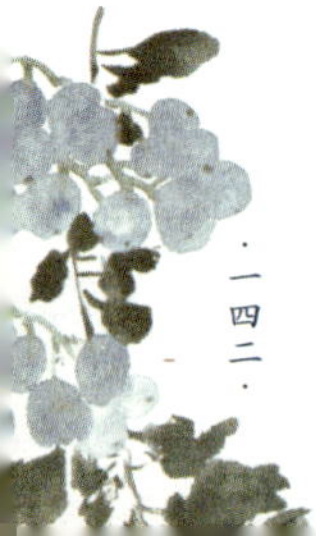

◎鹦鹉曲·野渡新晴

[元]冯子振

孤村三两人家住，终日对野叟田父。
说今朝绿水平桥，昨日溪南新雨。
碧天边云归岩穴，白鹭一行飞去。
便芒鞋竹杖行春，问底是青帘舞处。

◎冯子振，字海粟，自号瀛洲洲客，元代散曲名家。著有《海粟诗集》。

◎独处也是一种诗意的美好。春雨洗去了炎热，天边一行白鹭飞去。最美的风景莫过春与酒，青帘舞，何处寻？

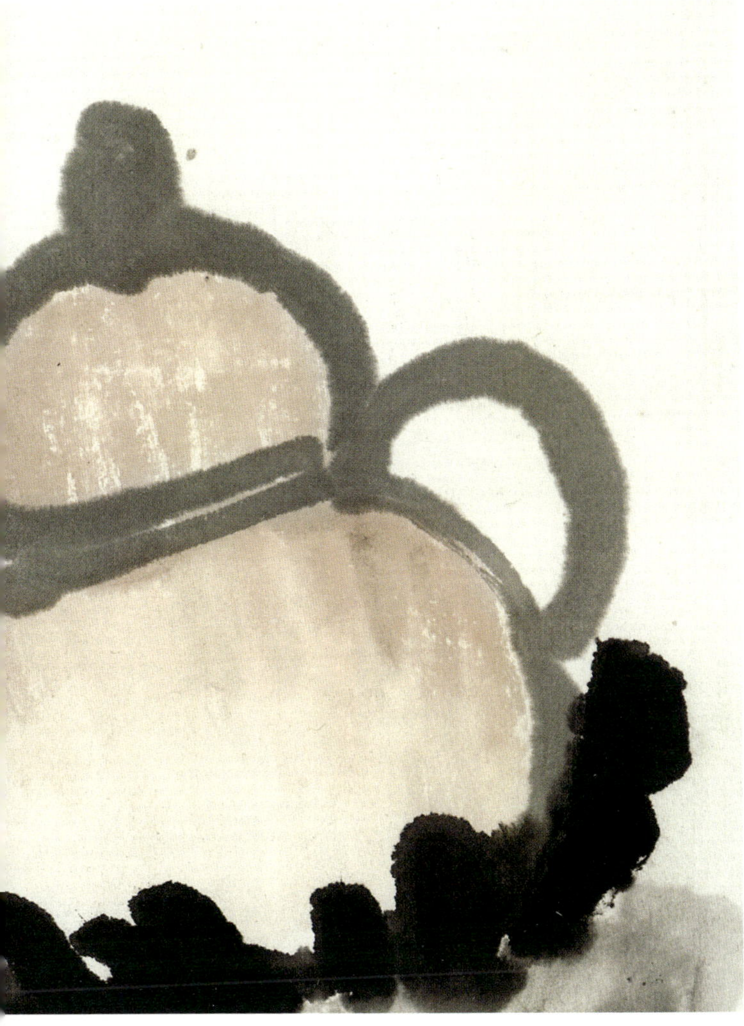

◎田园乐七首·其三

[唐] 王维

采菱渡头风急，
策杖林西日斜。
杏树坛边渔父，
桃花源里人家。

◎泛舟采菱，拄杖看斜阳，我只想做一个安静的渔父，倾听桃花源的故事。

◎病起题山舍壁

【五代】李煜

山舍初成病乍轻，杖藜巾褐称闲情。
炉开小火深回暖，沟引新流几曲声。
暂约彭涓安朽质，终期宗远问无生。
谁能役役尘中累，贪合鱼龙构强名。

◎李煜，五代时期南唐末代国君，字重光，号钟隐。其词受花间派词人影响，被后世称为“千古词帝”。

◎每个人都是茫茫宇宙中的一粒沙，红尘俗事令人徒增烦恼。心中有天地，万物皆浮云。

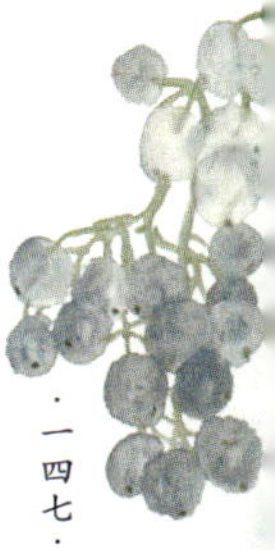

◎病起

〔宋〕陈师道

今日秋风里，何乡一病翁！
力微须杖起，心在与谁同？
灾疾资千悟，冤亲并一空。
百年先得老，三败未为穷。

◎陈师道，北宋文学家，字履常，号后山居士。诗学杜甫，著有《后山先生集》《后山词》《后山诗话》等。

◎秋风萧瑟，多病的老翁须扶杖。恩恩怨怨何必太在意，人生百年，未老先衰，但我心依旧。

◎病后述怀

【明】王中

杖藜初雨后，试步夕阳时。
草绿惊春久，山深得暖迟。
病多因识药，兴短倦题诗。
寂寞无人问，平居有所思。

◎王中，明代诗人，字懋建。

◎雨后初晴，芳草萋萋惊艳了春的颜色。深山处，春寒料峭待春暖。寂寞无人问，闲居有所思。

◎疾愈步庭花

【唐】陆畅

桃红李白觉春归，
强步闲庭力尚微。
从困不扶灵寿杖，
恐惊花里早莺飞。

◎陆畅，唐代诗人，字达夫。其才思敏捷，多咏物写景之作。

◎桃花增添了春的娇羞，我闲步庭中，恐惊了莺儿与花的缠绵私语。

◎白帝城最高楼

[唐] 杜甫

城尖径昃（zè）旌（jīng）旆（pèi）愁，独立缥缈之飞楼。
峡坼云霾龙虎卧，江清日抱鼋鼍游。
扶桑西枝对断石，弱水东影随长流。
杖藜叹世者谁子，泣血迸空回白头。

◎山间飘荡着我的忧愁，群山在云雾间缥缈，弱水追逐着东逝的流水。蓦然回首，空白头，谁在徘徊哀叹？

◎秋吟·选一

【元】黄庚

满眼秋光动客情，
小园闲步杖藜轻。
黄花憔悴应思晋，
才遇渊明香更清。

◎黄庚，宋末元初诗人，字星甫，号天台山人。晚年自编其诗稿为《月屋漫稿》。

◎我在小园独自漫步，这景色牵动着我漂泊的思绪。时光隔不断内心思念的绵长，从此我只想归隐田园。

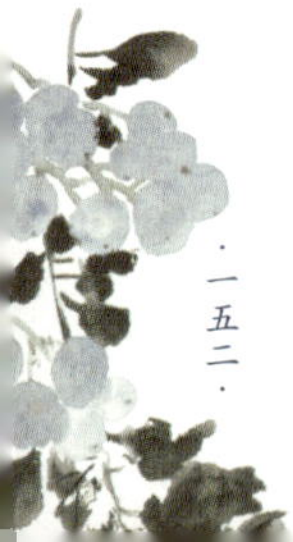

◎秋兴

【宋】释文珦

秋云满茅屋，秋风响枫林。
杖藜步幽径，落叶数寸深。
悠然拾叶归，写我闲中吟。
坐客兴亦闲，弹入青瑶琴。
曲终各无语，山水遗清音。

◎释文珦，宋代诗人，字叔向，自号潜山老叟。著有《潜山集》，已佚。

◎秋风拂过枫林，抖落一地的红艳。拄杖寻幽，倾听落叶私语。吟诗抚琴，曲终人已醉。

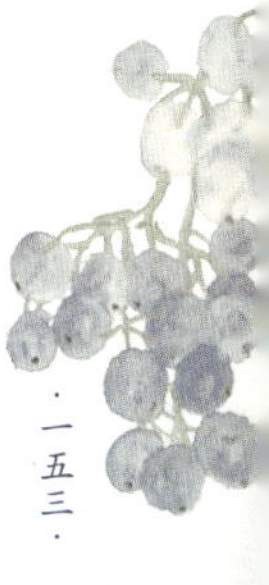

◎秋晚过西庵

［明］陈继

游吟何处最宜频，谷木溪西第一邻。
竹径清风啼黠鸟，柴门落日对闲人。
穿云渐觉香裘重，照水惟怜白发新。
常得杖藜随去住，不须琴酌在芳春。

◎陈继，明代文人，字嗣初，号怡庵。著有《耕乐集》《怡安集》。

◎风过竹林，捎来鸟儿的问候，诗人悠闲的身影沐浴着落日的余晖。韶华易逝，看着新生的白发直叹息。

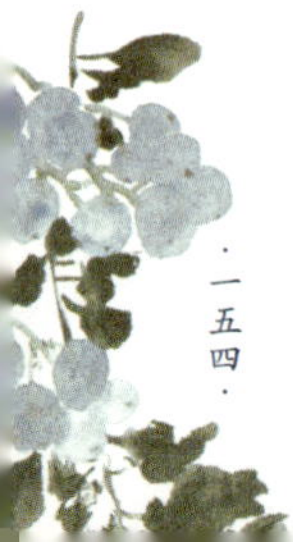

◎秋游平泉赠韦处士闲禅师

〔唐〕白居易

秋景引闲步，山游不知疲。杖藜舍舆马，

十里与僧期。昔尝忧六十，四体不支持。

今来已及此，犹未苦衰羸。

予往年有诗云：『二十气太壮，

胸中多是非。六十年太老，四体不支持。』今故云。心兴遇境发，身力因行知。寻云到起处，爱泉听滴时。南村韦处士，西寺闲禅师。山头与涧底，闻健且相随。

◎秋色撩人，信步闲游。时光苍老了容颜，蹒跚了脚步，却挡不住我漫游的热情。

◎秋晚登城北门

【宋】陆游

幅巾藜杖北城头，卷地西风满眼愁。

一点烽传散关信，两行雁带杜陵秋。

山河兴废供搔首，身世安危人倚楼。

横槊赋诗非复昔，梦魂犹绕古梁州。

◎一幅头巾，一根藜杖，独自登城头。西风呼啸，一片凋零，满眼萧瑟惹人愁。一点烽火传敌情，两行雁阵带秋意。山河破碎，身世飘零，倚楼空叹心不安。当年金戈铁马，军中赋诗，而今只能魂绕古梁州。

◎登永嘉绿嶂山诗

［南北朝］谢灵运

裹粮杖轻策，怀迟上幽室。
行源径转远，距陆情未毕。
澹dàn潋liàn结寒姿，团栾luán润霜质。
涧委水屡迷，林迥岩逾密。
眷西谓秋月，顾东疑落日。

践夕奄昏曙，蔽翳皆周悉。
蛊上贵不事，履二美贞吉。
幽人常坦步，高尚邈难匹。
颐阿竟何端，寂寂寄抱一。
恬如既已交，缮性自此出。

◎谢灵运，原名公义，字灵运。工诗善文，南北朝山水诗人。明人辑有《谢康乐集》。

◎山径曲折迷失了水的方向，茂密的枝叶斑驳了落日的余晖，岩壁上隐现出昏黄的月色。我虽身在尘世，心却坦然。

◎疏山

〔宋〕李商叟

忙中安得此身闲，
杖策西风自往还。
今日已偿云水债，
篮舆带雨下疏山。

◎李商叟，宋代诗人。学诗于曾几，著有《半村诗遗》。

◎忙中偷闲，策杖上疏山。今日已感受到了这山间的风景，兴尽而归。

◎题鹤鸣亭·其三

【宋】辛弃疾

林下萧然一秃翁，斜阳扶杖对西风。
功名此去心如水，富贵由来色是空。
便好洗心依佛祖，不妨强笑伴儿童。
客来闲说那堪听，且喜新来耳渐聋。

◎独对西风斜阳，我已心如止水，洗却尘心，一心向佛。

◎题屏

[宋] 刘季孙

呢喃燕子语梁间，
底事来惊梦里闲？
说与旁人浑不解，
杖藜携酒看芝山。

◎刘季孙，北宋诗人，字景文。好古文石刻，苏轼称其“慷慨奇士”。

◎燕子呢喃细语，惊扰了我梦中的清闲。此情怕是无人解，不如饮酒赏风景。

◎题终南翠微寺空上人房

【唐】孟浩然

翠微终南里，雨后宜返照。
闭关久沉冥，杖策一登眺。
遂造幽人室，始知静者妙。
儒道虽异门，云林颇同调。

两心相喜得，毕景共谈笑。
暝还高窗眠，时见远山烧。
缅怀赤城标，更忆临海峤。
风泉有清音，何必苏门啸。

◎孟浩然，唐代山水田园派诗人，字浩然，号孟山人。其诗风恬淡，意境清远，著有《孟浩然集》。

◎空山新雨，古寺清幽。你我相见甚欢，人生路上，得一知己足矣。

◎题刘氏绿映亭二首·其一

【宋】吕祖谦

凉叶翻翻不受尘，
芒鞋藤杖及清晨。
开窗小放前溪入，
澄绿光中独岸巾。

◎吕祖谦，南宋理学家、文学家，字伯恭。主张学以致用，开“浙东学派”之先声，著有《东莱集》《东莱博议》等。

◎叶轻舞，摇落一身尘埃。开窗见溪流，一抹绿光空灵浮动。

◎题画

【明】沈周

碧水丹山映杖藜，
夕阳犹在小桥西。
微吟不道惊溪鸟，
飞入乱云深处啼。

◎沈周，字启南，号石田，明代书画家。善画山水、花卉、鸟兽、虫鱼。

◎溪水淙淙，轻抚着山的娇羞；落日依依，留恋着桥的容颜。白发老翁的低吟，惊扰了鸟儿的沉思；鸟儿惊飞，划破了云的优雅。

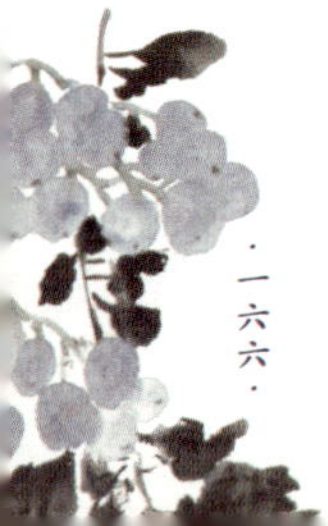

◎题画三首·选一

【明】唐寅

青藜竹杖寻诗处，
多在平桥野寺中。
黄叶没鞋人不到，
豆篱花发浸溪红。

◎唐寅，字伯虎，号六如居士，明代著名画家、书法家、诗人。

◎携一支青藜杖，悠然前行。落叶片片，掩盖了路的痕迹；溪水缓流，流去花的诗意。

◎题汪水云诗卷十一首·选一

【宋】刘师复

杖藜引客入渔家，
尽敞蓬窗作供茶。
三面阑干诗思阔，
湖光千顷浸荷花。

◎刘师复，字元德，与赵文等并称“七逸”。

◎煮一杯清茶，赏一处美景，荷花婀娜，平添了湖水的风姿。

◎题泽翁小巷·选一

[宋]王柏

寂寞小桥前，
山人住何处。
村童酤酒随，
策杖同归去。

◎王柏，宋代书画家，字会之，号鲁斋。著有《甲寅稿》，已佚。

◎我独自徘徊在寂寞的桥前，山中隐士何处寻？村童买酒，我策杖相随。

◎题汪水云诗卷十首·选一

〔宋〕胡斗南

老来无意谒侯门，
自爱梅花水月村。
更拟孤山结茅屋，
杖藜聊复信乾坤。

◎胡斗南，宋代诗人，号贯斋。

◎我已无意虚名浮利，独爱梅花之高洁，欲学林逋孤山养梅放鹤，策杖信步天地间。

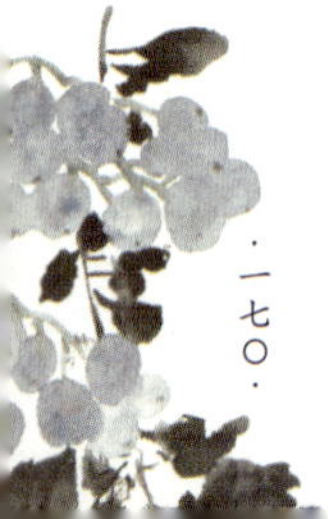

◎虞美人·开残桃李春方到

〔宋〕张元干

开残桃李春方到，谁送东风早。

杖藜幽径踏余花，却对绿阴青子、问年华。

迢迢云水横清浅，不遣愁眉展。

数竿修竹自横斜，犹有小窗朱户、似依家。

◎桃花开尽春红谢，幽径踏花寻春去，却见子满枝，叹流年。

◎虞美人·极目亭望西山

[宋]叶梦得

翻翻翠叶梧桐老。

雨后凉生早。葛巾藜杖正关情。

莫遣繁蝉容易、作秋声。

遥空不尽青天去。

一抹残霞暮。病余无力厌跻攀。

为寄曲阑幽意、到西山。

◎叶梦得，宋代词人，字少蕴。开拓了以“气”入词的词坛新路，著有《石林词》《石林诗话》等。

◎雨后生凉意，聒噪的蝉招惹了秋的愁绪，一抹残霞挂在天空。我到西山，寻一个诗意的黄昏。

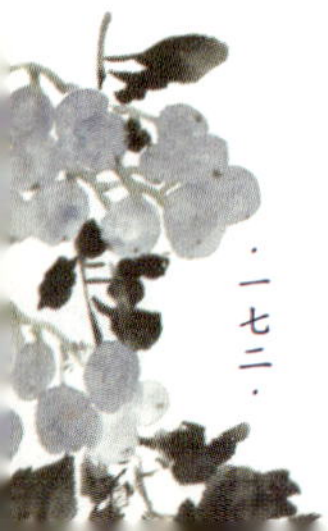

◎虞美人·邢子友会上

【宋】陈与义

超然堂上闲宾主。
不受人间暑。冰盘围坐此州无。
却有一瓶和露、玉芙蕖。
亭亭风骨凉生牖。
消尽尊中酒。酒阑明月转城西。
照见纱巾藜杖、带香归。

◎陈与义，宋代诗人，字去非，号简斋。其词别具风格，语言超绝，自然浑成，著有《简斋集》。

◎月下斟酌，空了酒杯，乱了神志。我多想把这一夜的酣醉存好带回。

◎竹径步月

［宋］饶良辅

素月流空天不夜，
清辉散入疏林下。
下有幽人独往来，
杖藜缥缈谁能画？

◎饶良辅，字昌朝，号竹溪，宋代诗人。

◎明月相伴，温暖了夜的孤寂；月华倾泻，斑驳了一树的光影。夜风吹拂我孤独的身影，谁解个中情？

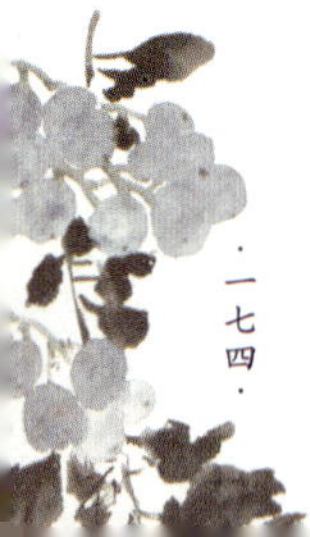

◎野步

[清] 赵翼

峭寒催换木棉裘，
倚杖郊原作近游。
最是秋风管闲事，
红他枫叶白人头。

◎赵翼，字云崧，号瓯北，清代文学家、史学家。著有《廿二史札记》《瓯北集》《瓯北诗话》等。

◎料峭的寒风使人冷，恼人的秋风最爱多管闲事，染红了枫叶，吹白了我的鬓发。

◎野步

【宋】姜特立

倚杖立江干，
丹枫叠嶂寒。
何人三昧手，
画我看秋山。

◎姜特立，字邦杰，宋代诗人。工于诗，其意境超旷，著有《梅山稿》。

◎倚杖江边，看枫叶似火，层峦送寒。谁能妙笔生花，画出我的悠闲？

◎酬屈突陕

【唐】刘长卿

落叶纷纷满四邻，萧条环堵绝风尘。
乡看秋草归无路，家对寒江病且贫。
藜杖懒迎征骑客，菊花能醉去官人。
怜君计画谁知者，但见蓬蒿空没身。

◎秋风起，落叶片片，窗外枯草摇曳。客居他乡，唯有菊香使人醉。

◎豆叶黄

〔宋〕陈克

树头初日鹁鸪鸣。
野店山桥新雨晴。
短褐无泥竹杖轻。
水泠泠。梅片飞时春草青。

◎陈克，宋代词人，字子高，自号赤城居士。其诗文辞优美，著有《天台集》。

◎鹁鸪在枝头鸣叫，唤醒沉睡的朝阳。梅花片片，送来春的温暖。

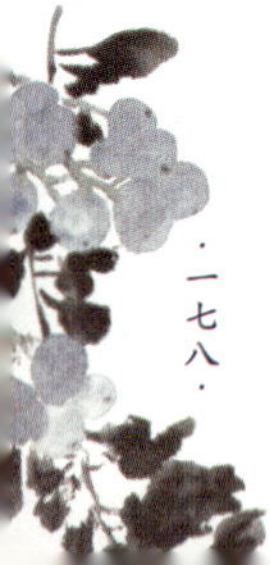

◎雨余小步

［清］王夫之

莲花莲叶柳塘西，疏雨疏风斜照低。
竹箨（tuò）冠轻容雪鬓，桃枝杖滑困春泥。
垂虹疑饮双溪水，砌草新添一寸荑。
不拟孤山闲放鹤，鹁鸪恰恰向人啼。

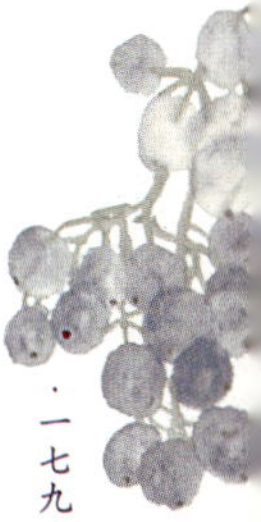

◎王夫之，字而农，号姜斋，明末清初三大思想家之一。著有《读通鉴论》《周易外传》《黄书》等。

◎箨：竹笋的皮。荑：茅草的嫩芽。

◎斜阳晚照，花蕊凝露，雨珠在荷叶上轻舞。春风吹醒了新草，鹁鸠在欢歌。我心欢喜，不再去想孤山放鹤的闲逸生活了。

◎雨过

[明] 陶安

雨过山添色，推窗翠扑衣。
秧随新水长，蝶趁落花飞。
江近檐头挂，春从客里归。
沙干聊可步，倚杖绿阴肥。

◎陶安，元末明初文人，字主敬。博涉经史，长于《易》，著有《知新稿》《陶学士集》等。

◎春雨洗去山的尘垢，推开窗，一片翠色映入眼底，蝴蝶伴着落花飞舞。我倚杖而行，绿荫正浓。

◎雨霁池上作呈侯学士

【唐】韦庄

鹿巾藜杖葛衣轻，
雨歇池边晚吹清。
正是如今江上好，
白鳞红稻紫莼羹。

◎韦庄，晚唐诗人、词人，字端己，花间派重要词人。著有《浣花集》。

◎我在池边歇息，消去一身疲惫，晚风吹皱一池清水。此时，正是一年中的好时节，稻香鱼肥美。

◎雪晴晚望

【唐】贾岛

倚杖望晴雪，溪云几万重。
樵人归白屋，寒日下危峰。
野火烧冈草，断烟生石松。
却回山寺路，闻打暮天钟。

◎雪后天晴，白云重重，清冷的夕阳拉长了樵人归来的身影。山间云雾缭绕，钟声悠悠，唤醒了寒寂的夜。

◎鲜于东之晋伯之子赠诗次韵·选一

【宋】晁公溯

一扫浮云万里空，
月华都在野航中。
葛巾藜杖勤相过，
共赏芙蓉四面风。

◎晁公溯，南宋诗人，字子西。著有《嵩山居士文集》。

◎风吹浮云散，最美的风景不在繁华处。与君相邀出游，唯君懂我，足以慰平生。

◎青玉案·和贺方回青玉案寄果山诸公

［宋］冯时行

年时江上垂杨路。信拄杖、穿云去。碧涧◎步虚声里度。疏林小寺，远山孤渚，独倚阑干处。别来无几春还暮。空记当时锦囊句。南北东西知几许。相思难寄，野航蓑笠，独钓巴江雨。

◎冯时行，宋代诗人，字当可，号缙云。著有《缙云文集》《易伦》。

◎步虚：道士唱经礼赞。

◎犹记当年你我走过的小路。而今我信步徐行，听山间流水，听山寺流出虔诚的赞歌。别来无几，空记当时锦囊佳句。雨中独钓，以遣相思意。

◎朝中措·先生筇杖是生涯

［宋］朱敦儒

先生筇杖是生涯，挑月更担花。

把住都无憎爱，放行总是烟霞。

飘然携去，旗亭问酒，萧寺寻茶。

恰似黄鹂无定，不知飞到谁家。

◎朱敦儒，宋代词人，字希真。其词语言清新自然，著有《太平樵歌》。

◎我携杖云游，春花秋月皆自然。我心飘然，酒香茶淡皆人生。不知明天的我将会漂泊到哪里？

鹿巾藜杖葛衣轻，
雨歇池边晚吹清。
正是如今江上好，
白鳞红稻紫莼羹。

◎雨霁池上作呈侯学士

［唐］韦庄

杖

◎雪晴晚望

【唐】贾岛

倚杖望晴雪，溪云几万重。
樵人归白屋，寒日下危峰。
野火烧冈草，断烟生石松。
却回山寺路，闻打暮天钟。